Schulte · Kühe im Mondschein

Michael
Schulte

Kühe im Mondschein

MaroVerlag

Liebe Sarah,

gestern habe ich die Deine Geburtsanzeige erhalten und mich sehr gefreut. Wie ich sehe, bist Du an einem Freitag dem Dreizehnten zur Welt gekommen. Für viele Menschen ist so ein Datum ein ausgesprochener Glückstag, für andere wiederum ein infamer Pechtag. Das wirst Du feststellen, wenn Du Deinen Freunden und Bekannten erzählst, daß Du an einem Freitag dem Dreizehnten Dich der menschlichen Gesellschaft zugesellt hast.

»Armes Kind«, werden die einen sagen, »an einem Freitag dem Dreizehnten ist mein Großvater an Lepra gestorben.« Oder: »Nimm dich nur in acht, an einem Freitag dem Dreizehnten bin ich aus der Schule geflogen (habe ich meinen Mann kennengelernt; habe ich den Tresor der Deutschen Bank in Frankfurt geknackt und bin erwischt worden; bin ich gleich 2mal von einem Omnibus überfahren worden.«)

»So ein Glück!«, werden die anderen rufen, »an einem Freitag dem Dreizehnten habe ich 3 Mark 50 im Lotto gewonnen.« Oder: »An einem Freitag dem Dreizehnten ist mein erstes Buch bei MARO erschienen und es enthielt nur 400 Druckfehler.«

Liebe Sarah, leider werden wir nie heiraten können. Denn wenn Du 16 bist, werde ich 61 sein. Wenn Du mich dann dennoch haben willst, bist Du entweder pervers oder hinter meinen Piepen her, die ich bis dahin dank der MARO-Verkaufserfolge meiner Werke werde angehäuft haben.

Es wird wohl ein Weilchen dauern ehe Du diesen Brief wirst beantworten können – es sei denn Du machst eine ähnlich erstaunliche Entwicklung wie Arno Schmidt durch, der schon im Alter von 3 Wochen das Gesamtwerk von Jules Verne gelesen hatte. Falls Du aber erst ein wenig später lesen und schreiben lernen solltest, frag Deinen Vater bitte, ob obige Adresse noch stimmt. Ich hoffe, daß nicht.

Leider haben Deine Eltern versäumt, mir ein Foto von Dir zu schicken. Zwar sehen die meisten Babys wie Winston Churchill aus, aber ich habe die Vorstellung, daß Du recht hübsch bist und eher dem Rauschgoldengelchen auf meinem letzten Weihnachtsbaum gleichst.

Alles Liebe, Dein Michael

Liebe Hannah,

wenn man ankommt ist die Welt zunächst ein wenig eintönig! Man hat keinen Beziehungskrempel, keine Geldsorgen, nichts. Interessant wird das Leben erst, wenn es Ärger gibt. In der Zwischenzeit kannst Du Dich vielleicht mit dieser Karte vergnügen. Ich hätte Dir gerne ein interessantes Spielzeug gekauft, aber die saumäßigen MARO-Honorare zwingen mich zur Sparsamkeit. Du weißt, daß ich Deine Schwester heiraten möchte. Falls Du ebenso süß bist wie sie, werde ich Mormone oder Mohammedaner und heirate Euch beide.

Bis dann, Dein Michael

Lieber Michael,

meine Töchter sind beide nach wie vor nicht mit Dir verheiratet und Du nach wie vor kein Mormone. Aber auch ohne verwandtschaftliche Verbandelung bist Du (nach Bukowski) der Maro-Autor mit den meisten erschienenen Büchern, samt zwei Jahresgaben! Daß sie oft nicht so erfolgreich waren tut der Sache keinen Abbruch. Ich bereue nichts, denn da würden so viele freudige Stunden im Verlag fehlen, die Du uns schon beim Lesen der Manuskripte bereitet hast.

Da Deine Bücher nur noch in marginalen Stückzahlen hier am Lager sind, sozusagen bereits auf dem Weg ins Archiv, ist dieses Buch für die neuen Schulte-Fans gedacht. Zugegeben, die Vorbestellungen belaufen sich auf genau 73 Exemplare. Verlage mit entsprechenden betriebswirtschaftlichen Abteilungen hätten das Projekt begraben – wir nicht.

Arno Schmidt hat auf seinen vielen Zetteln einmal ausgerechnet, daß es für gute Bücher in Deutschland nur 390 potentielle Leser gibt. Und nur 8, die sich mit den Inhalten ordentlich beschäftigen. Diese These gilt es zu widerlegen. Stell Dir vor, daß von den vorbestellten 73 Exemplaren in den nächsten 7 Jahren genau 45 verkauft werden und jeder 5. Leser so begeistert davon in seinem Bekanntenkreis berichtet, daß zwei davon jeweils Dein Buch kaufen, sind wir schon bei 63 Verkäufen. Und wenn wieder jeder 5. von den neuen Käufern diesen Schneeball weiterrollt, gar nicht auszudenken, wie wir die Spiegel-Bestsellerliste von unten gnadenlos heraufkraxeln. Es wird eine Weile dauern, aber Zeit fällt jede Sekunde kostenlos vom Himmel.

Dein Verleger Benno

I

Da und dort

Bukowski ist schuld, daß ich in Hamburg lebe

Halb drei Uhr nachts. Er ist leicht alkoholisiert. Zu müde, um noch etwas zu arbeiten; zu wach, um schlafen zu können. Wen kann man um diese Zeit noch anrufen? Harry geht sein Adreßheft durch. Vielleicht jemanden in New York. Da ist es jetzt sechs Stunden früher, nein, fünf Stunden später. Moment, die Erde dreht sich im Uhrzeigersinn, dann ist es von hier aus gesehen, dann muß es in New York ... es hat keinen Sinn. Harry blättert weiter. In Frankfurt am Main, soviel steht fest, ist es ebenfalls halb drei Uhr nachts. Der Schulte ist um diese Zeit noch wach. Fehlt nur noch ein Vorwand, ihn anzurufen.

Das Telefon läutet. Ich hebe ab.
»Hier ist Harry. Sag mal, mir fällt gerade ein, kannst du, könntest du im Mai, wir fahren im Mai nach Griechenland, willst du da bei uns einhüten, drei Wochen auf die Wohnung aufpassen, die Blumen gießen, den Kater füttern?«
»Gerne, ich mag Hamburg.«
Wir schwatzen noch eine gute Weile. Im Mai fahre ich nach Hamburg.

Gewöhnlich regnet es in Hamburg, aber damals schien die Sonne, die ganzen drei Wochen lang, und wenn der Wind günstig stand, hörte ich vom Hafen her die Schiffe tuten, und mein Freund Christoph fragte: »Bist du am 10. Mai noch hier?«
»Ich bin fast bis zum Monatsende hier«, sagte ich. »Warum?«
»Weil am 10. Mai Charles Bukowski in der Markthalle liest. Da mußt du hin. Es ist seine einzige Lesung in Deutschland, in Europa.«

Bukowskis Geschichten haben mir schon immer gefallen. Ich glaube ihm zwar nicht alles, aber schließlich hat auch Cendrars das Blaue vom Himmel runtergelogen. Man soll nicht zwischen wahren und unwahren Geschichten unterscheiden, sondern zwischen guten und schlechten. Und Bukowskis Geschichten sind gut.

In der Markthalle sind 700 Plätze; 1100 Menschen kommen. An der Abendkasse herrscht ein unvorstellbares Gedränge. Jeder fürchtet, keine Eintrittskarte mehr zu bekommen. Ein paar tätowierte Bukowski-Fans schlagen die Wartenden vor ihnen nieder, um ihre Chancen zu erhöhen. Völlig unnötig, wie sich bald herausstellen sollte, denn die Mädchen an der Kasse verkaufen jedem eine Karte, manche Plätze verkaufen sie bis zu fünfmal, was zur Folge hat, daß vor den entsprechenden Sitzen erbitterte Schlägereien entbrennen. Hoffnungslos überforderte Ordnungskräfte und Sanitäter durcheilen den Saal. Noch ehe Bukowski die Bühne betritt, herrscht eine ausgelassene Stimmung – wie vor einem wichtigen Fußballspiel.

Ein paar der Anwesenden sind so betrunken, wie sie es bei einer Bukowski-Lesung glauben sein zu müssen.

Bukowski ist betrunken, er liest hervorragend, trinkt unablässig Wein, grölt Obszönitäten und Beleidigungen ins Publikum. Er weiß, daß die Eintrittskarten teuer waren.

»Hinterher gehen wir in ›Die Zwiebel‹«, hatte mir Christoph gesagt, »aber sag's keinem weiter.«

Als ich ankam, sitzen Bukowski, Christoph, ein paar Journalisten und Groupies bereits an einem langen Tisch. Bukowski hatte eine Suppe bestellt, ist aber so betrunken, daß seine Freundin ihn füttern muß. Diese Freundin betreibt übrigens ein makrobiotisches Restaurant in Los Angeles, in dem Sojabohnenfrikadellen mit vogelfutterartigen Beilagen serviert werden. Die verwerflichste Bestellung, die man dort aufgeben kann, ist ein Seidel Karottensaft. Eine Gesundheitsfanatikerin und ein Gesundheitszerstörer hatten sich gefunden. Vielleicht hätte ich das ermutigend finden sollen.

Ich setze mich an einen anderen Tisch und bestelle ein Bier. Die Tür geht auf und eine hennarote, leicht zerzauste Frau in schwarzen, schlabbernden Kleidern betritt das Lokal. Sie blickt sich kurz um, geht eilends auf mich zu.

»Hast du schöne, sanfte Augen«, sagt sie, »darf ich dich streicheln?«

»Bitte.«

Sie fährt mir zärtlich übers Haar, setzt sich dann neben mich.

Unkonventionell mag diese Einführung zwar gewesen sein, aber wir wissen, was sich schickt, denn sogleich stellen wir einander vor.

»Wo wohnst du?«, fragt die Frau später.

»In Frankfurt.«

»Wie kann man nur in einer so häßlichen Stadt wohnen?!«

Wenn man drei oder vier Bier getrunken hat und sich in einer Stadt aufhält, in der man so leicht eine schöne, geistvolle Frau kennenlernt, ist man wenig geneigt, seinen Wohnsitz zu verteidigen.

»Wenn du eine gute, billige Wohnung für mich weißt, ziehe ich nach Hamburg«, sage ich.

»Weiß ich«, sagt Peggy Parnass, »die Wohnung unter mir wird frei. Ruf mich morgen an.«

Sie gibt mir ihre Adresse und Telefonnummer.

»Wohnt da nicht auch Christoph, der da drüben neben Bukowski sitzt?«, frage ich.

»Ja, der wohnt im Haus gegenüber.«

Am folgenden Nachmittag rufe ich Peggy an, dann fahre ich zu ihr. Wir gehen ein Stockwerk tiefer und läuten. Ein junger Mann in

Unterwäsche macht auf, er ist Maler. Er hat eine Frau oder Freundin, auch sie trägt nur Unterwäsche. Irgendwo zwischen ausgetrockneten Tuben und Terpentinlachen liegt ein Baby und schläft. Überall hängen und lehnen riesige Ölgemälde. Der Maler ist Pessimist, sein einziges Thema ist der Weltuntergang, den er sich als ein triefendes Inferno aus Lila und Gelb vorstellt. Er murmelt etwas von endgültigem Durchbruch und größerem Atelier.

Die Wohnung braucht eine längerfristige Durchlüftung und einen kräftigen Wandanstrich, aber sonst ist sie in Ordnung. Ich habe Phantasie.

»Du kannst die Wohnung haben«, sagt der Maler, »nur müßtest du das Bücherregal übernehmen, kostet 500 Mark.« Ich schreibe dem Maler einen Scheck über 500 Mark aus. »Laß uns rüber zu Christoph gehen«, sagt Peggy.

Christoph wohnt auf der anderen Seite des Hofes. In seinem Wohnzimmer sitzen Charles Bukowski und fast dieselben Leute wie am Abend vorher an dem langen Tisch in der Zwiebel. Nur die Journalisten fehlen, sie müssen arbeiten, ihre Artikel über die Lesung schreiben. Bukowski erzählt Geschichten aus seinem Leben. Er trinkt Wein. Alle trinken Wein. Langsam wird es dunkel, jemand zündet zwei Kerzen an. Bukowski erzählt weiter.

Die Bewohner Amerikas leben nicht vom Erfolg, sondern von Anekdoten vom Erfolg. Elvis wurde in den Slums von Memphis geboren und hat es geschafft. Jeder kann es schaffen. Und wenn du versagst, liegt es nicht am System, sondern an dir. – Bukowskis Leben taugt zur ermutigenden Erfolgsanekdote, wenn man übersieht, daß er sein grauenvolles Leben mit in den Erfolg schleppt, ja, daß es Voraussetzung seines Erfolgs ist.

Peggy trinkt Tee. Christoph schleppt neuen Wein herbei. Bukowski erzählt weiter; von Erlebnissen, die erst dann komisch sind, wenn sie vorbei sind.

Das war im Mai 1978. Im Oktober 1978 bin ich nach Hamburg gezogen. In die Wohnung unter Peggys Wohnung. Die erste Nacht verbrachte ich damit, meine Bücher in das bezahlte Regal des Malers einzuordnen. Ich wurde nicht fertig, da ich mich mal wieder in den Werken Gottfried Kellers festlas. Gottfried Keller ist ein seltsamer Schriftsteller, der im Grunde nur ewig ein einziges Thema variierte: wie ein winziges, scheinbar zufälliges Ereignis das Schicksal eines Menschenlebens in andere Bahnen zu lenken vermag.

Aber niemand hat Gottfried Keller nachts um halb drei angerufen. Damals war das Telefon noch nicht erfunden.

Kühe im Mondschein

Der Wirt brachte mir die Weinkarte, verschwand in der Küche und kam nach fünf Minuten wieder.
»Haben Sie gewählt?«
»Nein«, sagte ich, »ich habe mir nicht die Weinkarte, sondern Ihren Wandschmuck angesehen.«
»Was ist Besonderes an den Bildern?«, fragte der Wirt.
»Daß es Original-Zeichnungen von Max Liebermann sind.«
»Stimmt. Liebermann war ein großer Weinliebhaber und mein Vater ein großer Kunstliebhaber. So einfach ist das. Liebermann trank hier die teuersten Weine und bezahlte mit diesen Zeichnungen.«
»Und die lassen Sie völlig ungesichert in Ihrer Wirtsstube hängen?«
»Sie sind seit fünf Jahren der erste, der gemerkt hat, daß das echte Liebermanns sind. Was darf ich Ihnen bringen?«
»Irgendeinen herben Wein.«
»Irgendeinen herben Wein«, wiederholte der Wirt fast beleidigt. »Sie scheinen sich mehr für Kunst als für Wein zu interessieren. Gehen Sie mal ins Nebenzimmer, da hängen noch ein paar Noldes und Pechsteins.«
Ich war der einzige Gast an diesem Nachmittag. Ich sah mir die Bilder im Nebenzimmer an, als ich zurückkam, stand der Wein auf meinem Tisch.
»Schöne Bilder«, sagte ich.
»Ich interessiere mich nicht für Kunst«, sagte der Wirt, »aber es gefällt mir, daß Sie Spaß an dem Zeug haben. Darum verrate ich Ihnen *mein* Hobby. Warten Sie, ich gehe in den Keller, ich bin gleich wieder da.«
Er kam mit einer Flasche Wein zurück.

»Sehen Sie, 1863. Können Sie sich das vorstellen? Jahrgang 1863. Nehmen Sie die Flasche ruhig in die Hand, aber seien Sie vorsichtig.«

»So etwas habe ich noch nie gesehen«, sagte ich.

»Das glaube ich Ihnen gerne«, sagte der Wirt, »aber Sie werden gleich noch mehr staunen.«

Er nahm die Flasche und ging in den Keller, um sie gegen eine andere Flasche auszutauschen. Diesmal durfte ich sie nicht berühren.

»Jahrgang 1879. Meine größte Kostbarkeit.«

»Was ist so ein Wein wert?«

»Das kommt darauf an. So zwischen vier- und achttausend Mark. Aber ich verkaufe sie nicht. Jedes Jahr an Heiligabend trinke ich eine Flasche von diesen alten Weinen. Dafür lebe ich. Ich habe noch zwölf Flaschen.«

Ein seltsames Leben. Ich schätzte den Wirt auf etwa 62 Jahre. Er lebte wie ein Kind von Weihnachten zu Weihnachten. Nur schrieb er keine Wunschzettel, fieberte nicht dem Gabentisch entgegen, denn seine Weihnachtsgeschenke waren ihm wohlbekannt, lagerten im Keller. Aber spannend und aufregend war es doch. Welche Flasche würde er am 24. Dezember entkorken. Darum kreisten seine Gedanken, Jahr für Jahr, Tag für Tag, und je näher Heiligabend rückte, desto brennender, desto verzweifelter wurde für ihn die Entscheidung und jedes Jahr hatte er zwischen weniger Flaschen zu wählen, am schwersten dürfte die letzte Entscheidung gefallen sein, elf Jahre nach meinem Besuch in diesem Lokal, als nur noch zwei Flaschen übrig waren, als er nicht wußte, welche der beiden Weine besser sein würde, denn sein letzter Wein sollte auch sein bester sein, dafür hatte er gelebt.

Das schöne, alte Weinlokal in Eltville am Rhein gibt es nicht mehr. Ich weiß nicht, ob es das Galerie-Restaurant in St. Paul, Südfrankreich, noch gibt. Die Speisekarte, die der Ober mir vorlegte, habe ich mir ebensowenig angesehen wie die Weinkarte in Eltville.

»Sagen Sie«, fragte ich den Ober, »die Bilder hinter der Bar, sind das raffinierte Drucke oder Originale?«

»Originale, Monsieur«, sagte der Ober.

»Kaum zu glauben«, sagte ich, »ganz links dieses Stilleben, ist das ...«

»Ganz recht, ein Picasso.«

»Und das zweite daneben, etwa ein ...«

»Ganz recht, ein Braque.«

»Und das zweite neben dem Braque, ist das tatsächlich ein ...«

»Juan Gris, ganz recht. Monsieur ist ein Kenner.«

Zwischen diesen Kostbarkeiten hingen grauenerregende Gemälde, deren Titel gelautet haben mochten: »Seestern und Rotweinflasche« oder »Sonnenuntergang hinter Nizza«.

»Ich bin kein Kenner«, sagte ich, »ich weiß nicht einmal, wer die Bilder zwischen den ganzen Bildern gemalt hat?«

Der Ober strahlte. Selten habe ich in einem Gesicht eine überzeugendere mimische Mischung aus Stolz und Freude gesehen.

»Le patron, il paint aussi!«

Nicht weit von St. Paul ist Cagnes sur Mer. Renoir hatte einmal sein Atelier dort, aber das Atelier ist längst abgerissen. Liegt es an Renoir, liegt es am schönen Wetter oder an den wahnwitzigen treppenförmigen Straßen, man kann keinen Schritt in Cagnes tun, ohne Stufen und abermals Stufen bergauf oder bergab zu überwinden, liegt es an den schönen Kneipen, an der toleranten, freundlichen Bevölkerung, Cagnes hat eine magische Anziehungskraft auf Maler, die sich dort vorübergehend oder für immer niederlassen, meistens für immer. So auch Heinrich Maria Davringhausen, der mich auf den eigenartigsten Künstler des Ortes aufmerksam machte.

»Sie lieben das Absonderliche, Michael«, sagte Davringhausen, »gehen Sie die Straße runter, denn die zweite Straße links, dann sehen Sie rechterhand eine Galerie. Da lebt seit 22 Jahren ein Deutscher, der nichts anderes malt als Kühe im Mondschein.«

Ich ging los und fand die Galerie ohne mich zu verlaufen, was mir heute noch in Erinnerung ist, denn ich habe ein Orientierungsvermögen wie ein Stück Holz. Ich gehe aus einem Hotel, will zu dem Briefkasten zwei Ecken weiter, denke mir eine schlaue Abkürzung aus und lande frühestens fünf Stunden später an meinem Briefkasten. Das ist ärgerlich, doch darf ich meinem schlechten Orientierungssinn nicht undankbar sein, denn die herrlichsten Gegenden in fremden Städten habe ich so entdeckt, zum Beispiel das *kleine* Chinesenviertel in Bangkok, das in keinem Touristenführer steht, obwohl es ganz zentral liegt.

Die Galerie bestand aus zwei Räumen, und tatsächlich, an den Wänden hingen etwa vierzig Bilder, alle Querformat, alle fast gleich groß, alle in verwaschenen, milchigen Farben gehalten, ein käsiges Einerlei, alles, Davringhausen hatte nicht gelogen, alles Kühe im Mondschein. Der Mond immer oben links, und die Kuh darunter mit Profil nach rechts.

»Sie sind viel zu schnell durchgegangen«, sagte der Maler, »in den Bildern ist sehr viel drin. Sie müssen sich Zeit nehmen.«

Ich stellte mich höflich vor eines der Bilder, starrte endlos lange eine Kuh im Mondschein an und hing meinen Gedanken nach.

»Ob Sie es glauben oder nicht«, sagte der Maler, »ich habe noch nie in meinem Leben eine Ausstellung gehabt.«

»Woran das wohl liegen mag?«

»Weil es kaum noch Kunstkenner gibt.«

Ich stellte mir vor: das Haus der Kunst in München von oben bis unten voller Kühe im Mondschein. Warum eigentlich nicht?

»Ab und zu kommt ein Kenner und kauft eines meiner Bilder«, sagte der Maler.

Aber an diesem Abend kamen keine Kenner, sondern nur ein paar Touristen, die die Galerie schneller verließen als sie sie betreten hatten. Auch Einheimische gingen die Straße entlang und sie vermieden es sorgfältig, einen Blick ins Schaufenster zu werfen, allzu gut kannten sie dessen Bestückung, seit geschlagenen zweiundzwanzig Jahren Kühe im Mondschein, es gab wohl in der ganzen Welt kein zweites Schaufenster, das weniger abwechslungsreich war.

»Neulich stand in der Zeitung«, sagte der Maler mehr zu sich selbst als zu mir, »daß ein Sammler für einen van Gogh umgerechnet über eine halbe Million Mark bezahlt hat. Van Gogh – er hat sein Leben lang kein einziges Bild verkauft.«

Was würden all die hoffnungslos unbegabten Künstler ohne van Gogh tun? Das tragische Leben van Goghs, und sein posthumer Ruhm verleihen ihnen den Mut, weiterzumachen, nicht aufzugeben, an sich zu glauben, van Gogh ist der Inhalt ihrer Tagträume. Sie übersehen dabei, daß van Goghs Schicksal nicht die Regel, sondern eine nahezu einmalige Ausnahme ist. Kaum einer der wirklich großen Maler, Schriftsteller oder Komponisten ist nicht schon zu Lebzeiten erfolgreich gewesen, wobei sicher nicht alle in ihrer vollen Bedeutung erkannt worden sind. Daran ändert auch nichts die Legende, Mozart sei ein verkanntes Genie gewesen. Wenn Mozart oft kein Geld hatte, so lag das an seiner fatalen Leidenschaft, für astronomische Wettsummen Billard zu spielen. Er war zeitlebens einer der gefragtesten Komponisten und Pianisten Europas und hatte noch in seinen letzten Jahren, als sein Stern zu sinken begann, ein jährliches Einkommen von einer halben Million Mark heutiger Kaufkraft zu verzeichnen. Unter den großen Komponisten war es einzig Schubert, der zu Lebzeiten völlig verkannt war.

Was würde der Maler in Cagnes sur Mer ohne van Gogh tun? Hätte er schon bald aufgegeben, um irgendwo als Kellner oder Buchhalter zu arbeiten, als Packer oder Portier? Sicherlich könnte er da, brauchbarere Arbeiten leisten als an seiner Staffelei. Aber er hätte keinen Tagtraum mehr, könnte nicht träumen von der Zeit nach seinem Tod, von den Summen, die seine Bilder auf Auktionen erzielen, von den Biographien, in denen sein irdisches Los beklagt wird.

Van Gogh hat nicht nur wunderbare Bilder hinterlassen, sondern auch wunderbare Tagträume.

Besuch bei V. O. Stomps

Im Sommer 1965 fuhr ich von Frankfurt nach Stierstadt im Taunus, um V. O. Stomps zu besuchen. Ich kannte die genaue Adresse nicht, mußte also suchen. Nach einem halbstündigen Gang durch Stierstadt kam ich an ein Haus, vor dessen Tür etwa vierhundert leere Kornflaschen standen. Ich hatte V. O. Stomps' Domizil, »Schloß Sanssouris«, gefunden. Doch von Haustür und Kornflaschen trennte mich eine Gartentür, die mit Ketten und einem guten halben Dutzend Vorhängeschlösser verrammelt war. Keine Glocke oder Klingel. Ich klopfte an eine Fensterscheibe. Schlurfende Schritte, Stomps erschien mit einem riesigen Schlüsselbund in der Haustür, ging langsam und gebückt zum Gatter. Ich stellte mich vor, entschuldigte mich, unangemeldet zu kommen.

»Das macht nichts«, sagte er, »hier meldet sich niemand an. Aber ich habe noch eine halbe Stunde zu tun. Wenn es Ihnen nichts ausmacht ... da drüben ist ein Gasthaus, vielleicht möchten Sie etwas trinken. Nur eine halbe Stunde, dann gerne.«

Ich hatte ihn mir anders vorgestellt. Weniger alt, weniger müde – und weniger höflich.

»Und wie komme ich hier rein?« fragte ich und zeigte auf das von Schlössern überquellende Gartentor.

»Sie müssen nur ums Haus gehen, da ist nicht einmal ein Zaun, und die Haustür sperre ich nie ab.«

Das erinnerte mich an eine Geschichte, die mir ein Bekannter ein paar Jahre zuvor erzählt hatte. Stomps im Berlin der 20er Jahre kommt eines Nachts derart müde und betrunken nach Hause, daß er nicht einmal mehr die Kraft hat, sich auszuziehen und in voller Kleidung aufs Bett sinkt. Oder ins Bett, denn es war nicht gemacht, wie üblich. Er hat nie sein Bett gemacht oder gar frisch bezogen, nie hat er aufgeräumt, nie hat er einen Gegenstand besessen, der einer besonderen Pflege bedurft hätte, nicht weil er sich derlei nicht hätte leisten können, sondern weil ihn ›Sachen‹, weil ihn Besitz nicht interessierten, ja, ich glaube, daß er nichts gründlicher verabscheute als die Begriffe ›Besitz‹ und ›Pflege‹. Er hat seine Autoren auch nie als seine Autoren betrachtet. Im Gegenteil. Oft genug hat er versichert, sein Ziel sei erreicht, wenn sein Autor ihm davonlaufe zu einem etablierten Verlag. Besitz war ihm zuwider, handelte es sich um Autoren oder Sachen. Pflege war ihm erst recht zuwider, Autoren oder Sachen. Die paar Dinge, die er fürs tägliche Leben benötigte, ließ er konsequent verkommen. Ich bin überzeugt, daß er von der Existenz der Spülbürste nichts wußte. – Er legt sich also aufs oder ins Bett, da klopft jemand an der Wohnungstür. Mit letzter Kraft erhebt er sich, um aufzuschließen. Ein Fuß schiebt sich in den Türspalt, ein Pistolenlauf richtet sich auf ihn. Nun öffnet Stomps die Tür ganz und bittet den Einbrecher in die Wohnung. Er fordert ihn auf, sich umzusehen, verleiht aber gleichzeitig der Befürchtung Ausdruck, daß der späte Gast wohl vergeblich gekommen sei. Kein Stück beherberge die Wohnung, das zu entwenden sich lohnen würde, wovon der Einbrecher nach wenigen Sekunden überzeugt ist.

»Etwas haben Sie übersehen«, sagt Stomps, »ich habe noch eine Flasche Wein, die können wir zusammen trinken.«

Und Stomps und der Einbrecher setzen sich an den wackeligen Küchentisch und trinken den Wein aus ungespülten Gläsern und Stomps klagt über das harte Los eines Verlegers, und der Einbrecher beteuert, daß es für Einbrecher auch nichts mehr zu holen gäbe. Die Flasche ist leer, der Morgen dämmert und der Einbrecher und der Verleger trennen sich.

Ich weiß nicht, ob diese Geschichte stimmt. Ich glaube sie gerne, denn sie paßt zu Stomps, charakterisiert ihn. Über Thomas Mann könnte man derlei nicht so recht glaubwürdig erzählen, seine Anekdoten passieren eher im Grandhotel.

Die halbe Stunde ist vorbei, ich gehe ums Haus und trete ein. Stomps kommt mir entgegen und führt mich herein. Ein kleiner Flur. Rechts die legendäre Druckerei, in der die legendären Bücher entstehen, die nicht ihres Inhalts wegen Sammler finden, sondern weil Stomps sie verlegt.

Links das Wohnzimmer.

Ich hatte damals schon mit mancher Bohemewohnung Bekanntschaft gemacht, aber was ich jetzt sah, hier in Stierstadt im Taunus, verschlug mir den Atem. Das war einmalig. Eine Müllkippe war ein Operationssaal dagegen. Vor dem Fenster stand ein Sofa, überladen mit Büchern und Manuskripten, und in diesen Wust war eine Schneise gegraben, gerade breit genug, daß Stomps darin sitzen konnte. Auf dem Sofatisch türmte sich ein enormer Berg aus Büchern, Manuskripten, Fotos, leeren Raviolidosen, Briefen, überquellenden Aschenbechern, Holzschnitten, Druckstöcken, Zigarettenschachteln, Gabeln, Schnapsgläsern, Rechnungen, dreckiger Unterwäsche, einem Kamm, einem Bogen Briefmarken, Apfelbutzen, Orangenschalen, Tellern, halben Untertassen, abgebrochenen Bleistiften, Socken, Zeitungen, Büchsenöffnern, ein Gebilde, das jeden Materialkünstler vor Neid hätte erzittern lassen. Aber der Berg war nicht stabil, weder auf noch aus Fels gebaut, in den letzten Monaten hatte es wohl täglich einen Bergrutsch gegeben, das bewies das Panorama unter und neben dem Sofatisch. Da ruhte in vielen Lagerungen die Vor- und Frühgeschichte des Berges.

»Nehmen Sie Platz«, sagte Stomps. Das war leicht gesagt, denn auf den Stühlen sah es nicht viel anders als auf dem Sofatisch aus. Ich nahm einen Stuhl, kippte seine chaotische Last vor meine Füße und setzte mich.

»Sie haben Glück«, sagte Stomps, »wir haben gestern aufgeräumt.« Das bleibt einer der rätselhaftesten Sätze, die ich in meinem Leben gehört habe. Ich habe lange darüber nachgedacht und bin zu der Überzeugung gelangt, daß die vierhundert leeren Kornflaschen vor der Haustür sich tags zuvor noch in Wohnzimmer und Druckerei befunden haben mußten.

Stomps erzählte von seinem Krankenhausaufenthalt in Konstanz. Er hatte vor einigen Wochen irgendwo am Bodensee zu tun gehabt, war zusammengebrochen und ins Krankenhaus Konstanz eingeliefert worden. Kaum war er wieder zu sich gekommen, unternahm er seinen ersten Fluchtversuch, doch er hatte sich noch nicht einmal zur Hälfte angekleidet, als er erneut zusammenbrach. Er lag neben seinem Bett, unfähig aufzustehen und glaubte, sterben zu müssen. Vom Nachttisch kramte er einen Zettel und einen Bleistift und auf den Zettel schrieb er: »Ich will verbrannt werden.« Dann verließ ihn das Bewußtsein. Der Chefarzt riet dringend zu einer Operation. Das war zu viel. Stomps hat sein Leben lang nicht eine einzige Tablette eingenommen, er wäre lieber gestorben als auch nur ein Aspirin zu schlucken. Alles, was auch nur entfernt dem Bereich Medizin zuzuordnen war, erfüllte ihn mit grenzenlosem Haß. Leicht zu erklären bei einem Mann, der Bier für ein Babygetränk hielt, der derart gegen alle Regeln der Gesundheit lebte, daß es ein Wunder bleibt, daß er älter als 35 Jahre wurde. Jede ärztliche Untersuchung hätte ihm den Wahnsinn vor Augen geführt, den er betrieb. Davon wollte er nichts wissen, vielleicht ist er gerade darum alt geworden.

Der zweite Fluchtversuch gelang. Die Vorstellung, operiert werden zu müssen, die Auskunft des Arztes, ohne Operation sei er hoffnungslos verloren, hatte ihm so viel Mut verliehen, daß er kräftig und gesund seinen Plan verwirklichen konnte. Vor den Toren des Krankenhauses wartete ein Taxi mit laufendem Motor, Stomps entwischte, wohlbekleidet, die Reisetasche in der Hand und fuhr mit dem Taxi die vierhundert Kilometer nach Stierstadt, was einen beträchtlichen Teil des Fontane-Preises verschlang, den er gerade erhalten hatte.

Ein paar Monate später war ich noch einmal auf »Schloß Sanssouris«. Rainer Pretzell, Stomps' treuester Freund und Helfer, hatte mich eingeladen.

»Du kannst deine Freundin mitbringen«, sagte er am Telefon. Da wußte ich, daß Stomps nicht anwesend sein konnte. Er duldete keine Frau in seiner Nähe.

Ich fuhr mit Birgit nach Stierstadt. Wir verbrachten eine trinkselige Nacht im Wohnzimmer. Ein paar Tage später rief mich Rainer Pretzell an: »Vauo ist gestern zurückgekommen. Es hat einen Riesenkrach gegeben.«

»Wieso?«

»Er hat gemerkt, daß eine Frau hier war.«

»Das verstehe ich nicht. Wie soll er das gemerkt haben?«

»Er kam rein und sagte: ›Hier war eine Frau, ich rieche das, ich rieche das‹.«

»Aber Birgit hat keinerlei Parfüm.«

»Er riecht es trotzdem. Das war nicht das erstemal. Jedesmal, wenn eine Frau hier war, hat er es gemerkt. Er riecht alles, seine Nase ist unwahrscheinlich.«

Wie ich endlich eine VIP wurde

»Waren Sie schon einmal hier?«
»Nein.«
»Wie heißen Sie mit Vornamen?«
»Michael.«
Er trägt meinen Namen in ein dickes Buch ein.
»OK, Michael, ich bin Bill. Nimm Platz.«
Er weist mir einen Klappstuhl an. Ich setze mich vorsichtig hin.
»Du wirst zufrieden sein, Michael«, sagte er und durchwühlt die Taschen seines Kittels. Dann öffnet und schließt er ein paar Schubladen. Er wird nervös.
»Wo ist dieser gottverdammte Kamm? Nur ruhig, Michael, mein Gehilfe kommt gleich, holt nur eine Pizza und 'ne Cola für mich, ist gleich wieder da.«
Er stellt das Radio an. Nachrichten: »... beabsichtigt Präsident Reagan eine Erhöhung der Tabaksteuer ...«
»Dieser Hurensohn!«, kommt eine Stimme aus dem Hintergrund des Ladens. Ich drehe mich um. Auf einem Hocker sitzt eine alte, unendlich dicke Frau, die Zeitung liest und mit dem Nagel ihres kleinen Fingers in ihrem Mund herumstochert.
»Hast du dir das Rauchen immer noch nicht abgewöhnt, du Schlampe?«, fragt er.
»Denk gar nicht dran«, sagt die Alte.
Da kommt der Gehilfe zurück und pflatscht eine Salamipizza neben das Waschbecken.
»Wo ist der Kamm?«, fragt der Meister in barschem Ton.
»Leck mich am Arsch mit deinem Kamm«, sagte der Gehilfe, »jeden Tag verlierst du mindestens sechs Kämme.«

»Wer verliert hier die Kämme?!«, ruft der Meister. »Los, gib mir deinen Kamm.«

»Damit du den auch noch verlierst«, sagt der Gehilfe.

»Hier sitzt ein Kunde, siehst du das nicht?«

»Dein Kunde, nicht mein Kunde«, sagt der Gehilfe.

»Keinen Streit«, sagt der Meister, »keinen Streit in Gegenwart von Kunden. Hier sind 5 Dollar, geh' in den Drugstore und kauf ein Dutzend Kämme. Und zum nächsten Ersten fliegst du.«

Der Gehilfe nimmt den Geldschein und trollt sich.

»Entspann dich, Michael, gleich ist es soweit. – Wo bist du her?«

»Aus Deutschland.«

»Aus Deutschland? Ich hab' dort mal den schönsten Urlaub meines Lebens verbracht. Und weißt du, was mir am besten gefallen hat? ... Wer sagt's denn, hier haben wir das Ding ja.«

Er zieht einen pistaziengrünen Kamm aus der Hosentasche, dem er ein paar Haarbüschel entwindet.

»Moment«, sagt er und beißt ein Stück von seiner Pizza ab. »So«, fährt er mit vollem Mund fort, »am besten, wir schneiden erst mal rundherum was ab und sehen dann weiter.«

»Bill«, ruft die Frau aus dem Hintergrund, »hast du das gelesen? Diese Drecksau will auch die Alkoholsteuer erhöhen.«

»Damit du weniger säufst«, sagt Bill.

Das Gelächter der Frau endet in einem Hustenanfall. Sie spuckt aus und verreibt die Spucke mit ihrer Schuhspitze auf dem Boden.

»Paß auf, Michael«, sagt Bill, »ich habe keine Einheitsmethode. Ich studiere die Kopfform und entscheide dann, welcher Haarschnitt dem jeweiligen Kunden am besten steht.«

»Ich habe volles Vertrauen«, sage ich und schließe die Augen.

Als ich die Augen wieder öffne, sehe ich aus wie ein schwuler Oberkellner. Bill hält einen Spiegel hinter meinen Kopf und interpretiert seine Arbeit: »Im Genick habe ich nicht allzuviel weggenommen, um dann in stufenloser Folge Deinem ausgeprägten Hinterkopf...« Und so weiter.

»Ausgezeichnet, Bill«, sage ich, »ausgezeichnet.«
»Bist du auf der Durchreise oder wohnst du hier«, fragt Bill.
»Ich wohne hier in Manhattan«, sage ich.
»In diesem Fall«, sagt er bedeutungsvoll, »in diesem Fall ... folge mir bitte zur Kasse.«

An der Kasse lehnt ein Schild. ›Wir vertrauen Gott, aber du zahlst bar‹. Er öffnet feierlich eine Schublade und legt mir ein Kärtchen vor, das mit meinem Namen zu versehen er mich bittet. VIP CARD. 10 % Discount. Exklusiv für Michael Schulte.

Schade Bill, daß du mir eine so fürchterliche Frisur verpaßt hast. Ich hätte nichts dagegen, schon nächste Woche wiederzukommen. 17 Dollar für einen Haarschnitt sind zwar viel Geld, aber das nächste Mal ist es ja 10 % billiger und außerdem unterstützte ich gerne einen Unternehmer, dessen hustende Schwiegermutter im Hintergrund sitzt und meine politischen Ansichten teilt.

Führerscheinprüfung in New Mexico

»Glaub' mir, das ist ein Traumauto. Vier Jahre alt, aber wie neu. Ölwechsel alle 3000 Meilen, jedes Jahr neuer Rostschutz, ständig den Motor gereinigt, kein Kratzer, nichts. Ich pflege meine Autos, verstehst du? Und der Preis ist auch in Ordnung. Geh zu Gebrauchtwagenhändlern und erkundige dich, was ein 78er Mercury kostet? Du wirst staunen. Glaub' mir, der Preis ist in Ordnung und der Wagen ist es auch.«

»Ich glaub' dir ja, Chuck«, sagte ich. »Hilfst du mir bei der Erledigung der Formalitäten?«

»Sieh dir nur den Motor an. Schlägt da dein Herz nicht höher? Trocken, knochentrocken. Wie neu, kein Fleck, nichts.«

»Großartig, Chuck, aber ich versteh' nichts von Motoren. Wenn hier 20 Teile fehlen, würde ich es nicht merken.«

»Hier fehlt nichts«, sagte Chuck. »Im Gegenteil …«

»Du hast noch ein paar Teile dazugebaut.«

»Nein, du Idiot. Ich habe regelmäßig den Ölfilter ausgewechselt und außerdem …«

»Schon gut, Chuck. Ich kaufe das Auto. Hilfst du mir mit den Formalitäten?«

Wir gingen zur Zulassungsstelle. Warum sind überall auf der Welt Behördenräume von einer innenarchitektonischen Gestaltung, die an Sadismus grenzt? Man kann sämtliche Büromöbelgeschäfte einer Stadt durchstreifen, man wird nirgends annähernd so häßliche Schreibtische und unbequeme Stühle wie in den Behörden finden. Und der Wandschmuck, sofern überhaupt vorhanden, ist grauenerregender als in den Hotels. Wer kauft die Behördenmöbel, und vor allem, wo?

Drei Schalter, natürlich war nur einer besetzt. Warten. Wenn ich bei Chuck zu Hause bin oder wir in einer Kneipe sitzen, reden wir pausenlos. Aber wenn man irgendwo schlangesteht, fällt einem um's Verrecken kein Gesprächsthema ein, das Gehirn ist wie leergefegt.

»Das Auto ist gut«, sagte Chuck.
»Mhm«, sagte ich.
Warten.
»Ich hab' den Ölfilter erst vor zwei Wochen ausgewechselt.«
»Gut so.«
Warten.
»Wenn das Benzin zur Neige geht, mußt du unbedingt tanken.«
»Das ist in Deutschland nicht anders.«
Warten. – Endlich.
»Grüß dich, Bob. Das ist Mike, er hat meinen Mercury gekauft.«
»Bist du den Scherben endlich losgeworden?!«
»Entschuldige mal, der Wagen ist ein Schmuckstück.«
»Und erst vorige Woche hast du den Ölfilter ausgewechselt.«
»Stimmt.«
»Also, was darf's sein?«
»Nummernschild und die Umschreibung.«
»Hast du einen Führerschein, Mike?«, fragte Bob.
»Natürlich. Hier.«
»OK, hier ist eine Broschüre, in der alles steht, was du wissen mußt. Lies das durch und komm' heute Nachmittag wieder. Wenn du die Prüfung bestanden hast, wird dein deutscher Führerschein eingezogen und du erhältst dafür einen amerikanischen.«
»Braucht ihr'n Paßfoto von mir?«
»Machen wir hier. Dauert keine Minute.«
»Wie lange brauchst du?«, fragte Chuck.
»Eine Stunde«, sagte ich.
»Gut, ich fahr' dich nach hause und hol' dich in einer Stunde wieder ab.«

Der Staat New Mexico legt größten Wert auf Verkehrssicherheit. Überholen Sie nie in einer unübersichtlichen Kurve. Wenn Sie links abbiegen möchten, betätigen Sie rechtzeitig den Richtungsanzeiger. Sollte dieser defekt sein, strecken Sie den linken Arm aus dem linken Fenster.

Und so weiter.

Ich rief Chuck an.

»Das ist mir zu blöd, hol' mich ab, ich mach' die Prüfung jetzt sofort.«

Wieder nur ein Schalter besetzt, Bob war fort, ein Kollege hatte inzwischen übernommen. Hinter uns stand ein maulender Mexikaner.

»Scheißladen«, fluchte er. »Warum haben die überhaupt drei Schalter, wenn immer nur ein Typ dahockt?«

»Es ist Mittagszeit«, sagte Chuck.

»Hier ist immer Mittagszeit«, sagte der Mexikaner. »Die sitzen in der Bar und saufen. Ich geh' tagsüber nie in die Bar, aber wenn ich mal tagsüber in die Bar gehe, lungert einer von denen da rum. Das ist ein Scheißladen hier, wahrscheinlich der größte Scheißladen am Platz.«

»Auf dem Polizeirevier ist es auch nicht besser«, sagte Chuck.

»Stimmt«, sagte der Mexikaner, »das ist der größte Scheißladen. Die haben mich neulich zwei Stunden warten lassen. Und unfreundlich sind die auch noch. Hier sind sie wenigstens freundlich. Aber das Polizeirevier, da hast du recht, ist der allergrößte Scheißladen.«

»Hattest du Ärger mit der Polizei?«

»Eigentlich nicht«, sagte der Mexikaner. »Sie haben mich wegen Frank geladen.«

»Welcher Frank? Der seine Mutter umgebracht hat oder der sein Haus angesteckt hat?«

»Der mit dem Haus. Wenn die Versicherung nicht bald zahlt, kann er dicht machen.«

Warten. – Endlich.

»Grüß dich, Jack. Das ist Mike, er hat meinen Mercury gekauft.«
»Glückwunsch. Hat es endlich geklappt?«
»Du solltest Mike beglückwünschen. Der Wagen ist einsame Klasse.«
»Glückwunsch, Mike. Hier ist ein Fragebogen, und hier ist ein Bogen mit jeweils vier Antworten auf jede Frage. Kreuz' die richtigen Antworten an und bring mir das Zeug zurück.«
»Und die praktische Prüfung?«
»Brauchst du nicht. – Da hinten sind ein Stuhl und ein Tisch, und wenn du etwas nicht verstehst, frag mich.«
Dieser Fragebogen!
Wie hoch, vom Straßenniveau aus gemessen, müssen die Schlußlichter angebracht sein? Wieviel Fuß beträgt die höchstzulässige Länge eines Anhängers? Wie schwer dürfen Sie einen Dachgepäckträger in New Mexico beladen?
Ich hatte keine Ahnung. Vielleicht hätte ich die Broschüre doch etwas genauer lesen sollen.
Ich kam mir vor wie in der Schule. Prüfungen, Zensuren, Abfragen unbrauchbaren Wissens. Wer behauptet, die Schulzeit sei die schönste Zeit, leidet entweder an Gedächtnisschwund oder ist durch die Schule derart verblödet worden, daß er das allen Ernstes glaubt. Vornehmlichste Aufgabe der Schule ist es, den Menschen Kreativität und Originalität auszutreiben und angepaßte Seelen- und Geisteskrüppel heranzuzüchten. Prüfungen, Zensuren. ›Diesen Kack hast du hinter dir‹, sagte ich mir nach dem Abitur. ›Nie wieder‹.
Von wegen. Da saß ich nun 20 Jahre später in einem Kaff in New Mexiko und hatte mal wieder meine Hausaufgaben nicht gemacht. Und niemand saß neben mir, von dem ich hätte abschreiben können. Das war auch nicht nötig, Chuck war ja schließlich auch noch da.
»Chuck«, flüsterte ich, »weißt du, wie hoch die Schlußlichter angebracht sein müssen?«

»Keine Ahnung«, sagte Chuck. »Mach erst mal die anderen Fragen. Ich hab' im Handschuhfach einen Zollstock, ich meß' schnell mal nach.« Chuck ging raus.

Ein paar Fragen waren wirklich nicht allzu schwierig.
Wie verhalten Sie sich, wenn Sie spielende Kinder auf der Straße sehen?
a) Sie hupen.
b) Sie stellen den Motor ab und warten bis sich die Kinder entfernt haben.
c) Sie drücken auf's Gas, um möglichst schnell vorbeizukommen.
d) Sie vermindern das Tempo und gehen in Bremsbereitschaft.

Chuck kam mit der korrekten Antwort auf die Schlußlichterfrage zurück.

»Wie lange darf ein Anhänger sein?« fragte ich.

»Verdammt, die wollen aber auch einen Mist wissen.«

»Und wie schwer darf man seinen Dachgepäckträger belasten?«

»Ich habe keinen Dachgepäckträger«, sagte Chuck.

»Darf ich mal sehen?«, sagte der Mexikaner und beugte sich über den Fragebogen. »Meine Zeit, das wissen die ja selbst nicht mal. Ich schwöre dir, das ist ein Scheißladen hier. Jose, komm' mal her.«

Jose kam, gefolgt von drei Freunden. Es entstand ein lautstarker Disput über Anhänger und Dachgepäckträger in New Mexiko. Ich schwitzte Blut und Wasser. Wenn der Beamte Jack nicht stocktaub war, mußte er allmählich auf meine hilfreichen Freunde aufmerksam werden, und dann wäre ich geliefert.

»Schon gut«, versuchte ich zu beschwichtigen, »wenn ich ein paar Fragen falsch beantworte, macht das nichts. Ich muß nur 70 Prozent richtig haben.«

Sie beachteten mich nicht.

»Einmal bin ich nach Santa Fe gefahren«, erzählte Jose, »und hatte zwei Schränke auf meinen Dachgepäckträger geladen. Plötzlich – hinter mir die Bullen. Schön, dachte ich, jetzt haben sie dich erwischt. Und weißt du was? Sie haben mich seelenruhig überholt.«

»Es geht doch hier um das Gewicht der Ladung, nicht um das Volumen«, sagte der Mexikaner.

»Genau«, sagte Chuck, »die Bullen wissen doch nicht, was so ein Schrank wiegt.«

Es war hoffnungslos. Der Beamte Jack blickte auf. Aus, vorbei.

»Alles in Ordnung da hinten?«, rief er.

»Nicht ganz«, rief Chuck zurück. »Mike hat noch Sprachprobleme, er versteht die Fragen 6 und 7 nicht.«

»Moment«, sagte Jack und kramte in seinen Papieren. »Bei beiden Fragen die erste Antwort ankreuzen.«

»Was ich gesagt habe«, freute sich Jose.

»Daß ich nicht lache!«, sagte der Mexikaner. »Ich habe die ganze Zeit …«

Fünf Minuten später hatte ich meinen Führerschein. Chuck gab mir die Autoschlüssel.

»Wann reist du ab?«

»Morgen früh.«

»Dann sehen wir uns nicht mehr. Alles Gute.«

Ich setzte mich in das Auto und ließ es anspringen.

Chuck kam angerannt. Ich drehte das Fenster runter.

»Ist noch was, Chuck?«

»Ja«, sagte er, »vergiß nicht, ab und zu den Ölfilter zu wechseln.«

Meine beiden früheren Leben

Es ist zwei Uhr nachmittags. Ich habe mein Frühstück gerade beendet. Jemand ist an der Haustür, öffnet die Haustür, und schon steht sie im Wohnzimmer, die riesige, dicke, blonde Frau.

Sie dreht sich um und ruft mit donnernder Stimme: »Ich hab dir gleich gesagt, das Haus ist bewohnt.«

»Schon gut«, antwortet der Mann, der ihr stolpernd folgt.

Ich erhebe mich von meinem Frühstückstisch.

»Bitte um Entschuldigung«, sagt die Frau, »wir dachten, das Haus sei unbewohnt.«

»Kommt ruhig rein«, sage ich, »seht euch um.«

»Ich heiße Springtime«, sagt die Frau, »früher hieß ich Golden, und das ist mein Mann Neil.«

»Ich bin Michael«, sage ich, »wie wär's mit einer Tasse Kaffee?«

»Kaffee«, sagt Springtime, »nun ja, warum nicht?«

»Ich hab auch Wein«, sage ich.,

»Schon besser«, sagt Springtime. »Gib uns jedem ein Glas Wein, und dann hauen wir wieder ab.«

Neil hat kaninchenrote Augen und läßt sich in das Sofa sinken.

»Der Wein wird mir den Rest geben«, sagte er, »ich bin heute früh aus Miami zurückgekommen und bin die Nacht durchgefahren.«

»Du kannst dich ins Gästezimmer legen«, sage ich, »und ein wenig schlafen.«

»Ich bin zu müde, um zu schlafen«, sagt Neil und nimmt das Weinglas entgegen.

Das andere Glas reiche ich Springtime. Sie trinkt ein paar Schluck, setzt sich und lehnt sich zurück.

»Wein von dieser Firma kaufe ich nie«, sagt sie. »Die behandeln ihre Arbeiter wie Säue.«

»Ich weiß«, sage ich, »ich habe die Flasche geschenkt bekommen.«

»Dann sei dir verziehen«, sagt Springtime. »Wie lange wohnst du schon in Santa Fe?«

»Ein knappes Jahr.«

»Und was machst du hier?«

»Ich bin Schriftsteller, es ist egal, wo ich mein Zeug schreibe. Was treibt ihr?«

Ich wende mich Neil zu. Er sieht mich mit glasigen Augen an.

»Wie bitte?«, sagt er.

»Was bist du von Beruf?«

»Fernseher«, sagt er. »Ich mach, ich verkauf... Kabelfernsehen, verstehst du?«

Springtime reicht mir ihre Karte:

SPRINGTIME LISA
Wahrsagerin

Handlesen, Kartenlegen, Graphologie, Astrologie,

magische Sitzungen, alles über Ihre früheren Leben.

Sprechstunden nur nach Vereinbarung

»Interessant«, sage ich.

»Du solltest dir mal von mir die Zukunft deuten lassen«, sagt Springtime.

»Ich will's gar nicht wissen«, sage ich.

»Gibt es in Deutschland Kabelfernsehen?«, fragt Neil.

»Aber vielleicht möchtest du was über deine früheren Erdendasein erfahren«, sagt Springtime. »Vor ein paar Wochen war eine Frau bei mir, die schon mal als Inkapriester auf der Welt war. Sie hatte das nicht gewußt, ich habe es herausbekommen.«

»Männer können als Frauen wiedergeboren werden und umgekehrt?«, frage ich.

»Durchaus«, sagt Springtime. »Einer meiner besten Kunden ist eine ehemalige ägyptische Prinzessin.«

»Sag doch mal, gibt es in Deutschland Kabelfernsehen?«, röchelt Neil.

»Noch nicht, aber bald.«

Neil brummt beruhigt und nickt ein. Springtime gießt sich ihr Glas voll.

»Ich habe schon viel von Wiedergeburt und früheren Leben gehört«, sage ich. »Was ich nicht verstehe, warum war jeder einmal ein Priester, eine Prinzessin, eine Königin? Warum war nie jemand Kameltreiber, Stallknecht oder Metzger?«

»Du hast vollkommen recht«, sagt Springtime. »Ich selbst bin das beste Beispiel. Ich war eine versoffene Nutte.«

»Na also«, sage ich. »Was mich betrifft, so halte ich es nicht für ausgeschlossen, daß ich einmal Mitglied einer durch die Dörfer ziehenden Commedia dell'arte Truppe war.«

»Gut möglich«, sagt Springtime, »du bist ein frustrierter Komödiant.«

Die Zweiliterflasche des arbeiterfeindlichen Winzers ist fast leer, Neil war zwischendurch ein paarmal aufgewacht und hatte kurz um Nachschlag gebeten, da erkundigt sich Springtime nach meinem Geburtsdatum und -ort, nach meinem vollen Namen, ich gebe ihr die gewünschten Informationen, sie nimmt einen Kugelschreiber, grapscht sich eine Seite von meinem Manuskript über Billy the Kid, dreht das Blatt um und bekritzelt die Rückseite mit Buchstaben und Zahlen, mit Pfeilen, Linien, symbolischen Zeichen, Kreuzchen, Sternchen, Fußnoten, der Kugelschreiber fegt über das Papier, Springtime ist in ihrem Element, ich schenke ihr nach, Neil schläft, schreckt auf, als Springtime ruft: »Ha! Ich hab's gewußt!«

»Was, Liebling?«, sagt Neil und schläft wieder ein.

»Mike war schon zweimal auf der Welt. Einmal als Schriftsteller während der Französischen Revolution.«

»Hoffentlich auf der richtigen Seite«, sage ich.

»Weiß ich nicht«, sagt Springtime. »Die Details muß ich noch rauskriegen.«

»Wahrscheinlich bin ich geköpft worden«, sage ich.

»Schon möglich«, sagt Springtime, wieder mit ihren Zahlenkolonnen beschäftigt. »Stör' mich jetzt nicht, ich bin gerade dabei herauszufinden, wo und wann du das zweitemal gelebt hast.«

Ich schweige und versuche, mir mein Leben als Schriftsteller während der Französischen Revolution vorzustellen. Ob ich wohl Danton und Marquis de Sade gekannt habe? War Marat mein Freund? Haben die Verleger damals noch beschissenere Honorare bezahlt als heute? Noch ehe ich die Requisiten für meinen Tagtraum geordnet habe, wartet Springtime mit der zweiten Überraschung auf:

»Ein knappes Jahrhundert später warst du schon wieder da. Diesmal als impressionistischer Maler. Du hast sie alle gekannt, Gaugin, van Gogh und wie sie alle heißen, und warst besser als sie, hattest aber keinerlei Erfolg und Anerkennung, weswegen du Alkoholiker wurdest. Und nun verrat' ich dir das Tollste: wir haben uns gekannt. Ich war jene rothaarige Nutte, die Toulouse-Lautrec berühmt gemacht hat. Ich hatte nie Geld und trank immer die Wein- und Champagnerreste der Gäste. Darum nannte man mich ›Das Schwein‹.«

Ich hätte gerne gewußt, mit welchem Namen ich meine Meisterwerke signiert hatte, in welchen Museen ich das Oeuvre meines früheren Daseins betrachten kann? Aber Springtime kann mir keine Auskunft geben; das müsse ich schon selber ermitteln. Die Sonne geht unter, verkitscht rot und gelb den Himmel New Mexicos. Neil schläft, Springtime nippt an ihrem Glas und ist plötzlich verstummt.

Auch ich hänge meinen Gedanken nach, ich, der ehemalige bedeutende, doch leider verkannte Maler, dessen Werk vielleicht auf irgendwelchen Pariser Speichern verschimmelt oder in Arles längst von den Ratten aufgefressen wurde – das nächstemal wird mir Springtime sagen, ob ich verheiratet war, aber ich kann es mir schon denken, Alkoholiker und erfolgloser Maler, wahrscheinlich lebte ich mit einer verzweifelten Schlampe aus einem Pariser Vorort zusammen, die sauer wurde, wenn ich das Atelier verließ, um auf Sauftour zu gehen, und hinter mir herkeifte: ›Bring nicht wieder deine Gammler heim, vor allem nicht diesen Vincent, der immerzu meine Ohren anstarrt.‹

›Vincent ist ein feiner Kerl‹, rief ich durch's Treppenhaus zurück.

›Von wegen‹, brüllt sie mir nach, ›ich habe genau gesehen, daß er dir das letzte mal eine Tube Orange geklaut hat. Außerdem brauche ich neues Spülmittel.‹

Neil schnarcht kurz und laut auf, schreckt mich aus meiner Vergangenheit. Auch Springtime ist wieder wach.

»Hast du noch eine Frage?«, sagt sie.

»Ja«, sage ich. »Gab es zur Jahrhundertwende schon Spülmittel?«

»Ich kann nicht alles wissen«, sagt Springtime.

Eine Party

Vor dem Haus kann man den Wagen nicht wenden. Am besten, man hält ein paar Meter hinter der Einfahrt und fährt den Weg zu Tadés Haus rückwärts hoch. Das tat Antonio, das letzte Licht der Abenddämmerung ausnutzend, und kam mit dem Heck des Lieferwagens genau vor dem Küchenfenster zu stehen. Mag ja sein, daß es schon wieder hell ist, wenn er die Party verläßt, aber nüchtern würde er bestimmt nicht mehr sein und dann könnte das Rückwärtsfahren gewisse Schwierigkeiten bereiten – nein, nach dem Ende der Party wollte er geradeaus fahren, direkt und zielstrebig zur Großmarkthalle nach Palma, wo er das Obst und Gemüse für seinen kleinen Kaufladen hier in Puerto de Andraix jeden Morgen fachmännisch auszuwählen pflegt.

Man kennt die Parties bei Tadé, sie fangen heimtückisch harmlos an, man trinkt ein Glas Wein, knabbert ein wenig Salzgebäck, tauscht Artigkeiten mit den anderen Gästen aus, die sich aus Spaniern, Engländern und Deutschen zusammensetzen, aus Malern, Schriftstellern, Ärzten, Rechtsanwälten, Fischern, Gemüsehändlern, pensionierten Militärs und Tagedieben. Nur Rita ist nicht unter den Gästen, sie wird nicht und nirgends mehr eingeladen, da sie Flöhe hat. Die Engländerin Rita, einstmals die schönste und begehrteste Frau in Puerto de Andraix und eine der reichsten dazu, nur leider, in dieser Beziehung ihrem Gatten nicht unähnlich, dem Dämon Alkohol verfallen. Den Gatten hatte vor mehreren Jahren eine Leberzyrose ... zhirrose ... zirrhose – sieht richtig aus – hinweggerafft, und seitdem ging es mit der Rita bergab. Sie ist zwar weiterhin noch auf allen Parties der Gegend anwesend, aber nur noch in Form von Gesprächsstoff. Hat sie Flöhe oder Läuse?

»Läuse, mein lieber Doktor, ich wette jeden Betrag, daß sie Läuse hat.«

»Als Arzt, verehrter Colonel, kann ich sehr gut zwischen Läusen und Flöhen unterscheiden. Glauben Sie mir, sie hat Flöhe.«

»Vielleicht hat sie beides«, mischt sich ein dreister Spanier ein.

»Schon möglich«, lachen die beiden Briten.

»Sachen haben die Rita und ihr Gatte damals angestellt«, schüttelt der Colonel den Kopf.

»Unglaublich«, pflichtet der Doktor bei.

»Die Nacht etwa«, sagt der Colonel, »als gleich zwei Automobile der Marke Jaguar zu Schrott gefahren wurden.«

»Hören Sie auf«, der Doktor macht eine abwehrende Geste und tritt einen Schritt zurück. »Hören Sie auf.«

Die Geschichte mit den beiden Jaguars ist mir vertraut, ich werde sie ein andermal erzählen. Wenn ich es mir recht überlege, besteht kein Grund, warum ich sie nicht gleich erzählen sollte. Also, Rita und ihr Mann, Frührentner und Jaguarfahrer, verbringen einen angenehmen Abend mit einem Freund aus Liverpool, von dem nur bekannt ist, daß er ebenfalls Jaguarfahrer war. Man sitzt in oder vor einer der Hafenkneipen von Puerto de Andraix, spricht dem sauren, billigen, doch fatalen Wein Mallorcas zu, einer geradezu teuflischen Flüssigkeit, die bis in die letzten Fasern und Moleküle des menschlichen Organismus eine zersetzende Wirkung ausübt. Man unterhält sich über Gartenpflege, die Queen, Strickmuster, ist friedlich und guter Dinge, da nimmt das Gespräch eine unerwartete Wendung, die beiden Herren fachsimpeln über ihre sensiblen, reparaturbedürftigen Jaguars. Dieses Fabrikat sei derart empfindlich, behauptet Ritas Mann, daß seine Scheinwerfer unter Wasser augenblicklich den Dienst versagten. – Unter Wasser? – Aber selbstverständlich, fahre man nachts aus Versehen in einen Fluß oder See oder gar das Mittelmeer, sei es um die Lichtmaschine geschehen. ›Welch haarsträubender Unsinn!‹, verteidigt der Freund aus Liverpool das weltberühmte Qualitätsauto. Ein Wort gibt das andere, man wettet eine hohe Summe, Ritas Mann setzt sich in seinen Wagen, schaltet die Scheinwerfer an, fährt das Auto an den Kai, ein Drittel der Autolänge über den Kai hinaus, es gibt einen ungesunden Ruck, die Vorderreifen, der Kühler schweben über den Wellen, Ritas Mann klettert auf die Rücksitze und steigt aus. Die Scheinwerfer sind angeschaltet, Ritas Mann und sein Freund packen das Gefährt an der hinteren Stoßstange und kippen die Limousine ins Meer. Der Jaguar versinkt schaukelnd und langsam. Kaum hat das Wasser die Motorhaube erreicht, verlöschen die Scheinwerfer. Der Gentleman aus Liverpool hat die Wette verloren. Er stellt einen Scheck aus und setzt sich demoralisiert in sein Auto, er wohnt ein wenig außerhalb, genauer gesagt, in dem Haus gleich hinter der Haarnadelkurve auf der Straße nach Camp de Mar, also das Steuer elegant nach rechts geworfen, vielleicht allzu elegant, und den Wagen an eine stolze Pinie gesetzt. Glas splittert, Blech quetscht und birst, in anderen Worten, auch dieses Auto ist im Eimer.

Dummerweise will es ein spanisches Gesetz, daß ausländische Schrottautos auf Kosten des Eigentümers außer Landes geschafft werden müssen. Ausnahmen sind nicht möglich, selbst Schmiergelder vermögen in solchen Fällen nichts auszurichten, was beweist, daß es sich um ein ganz ungewöhnlich strenges spanisches Gesetz handeln muß. Doch zwei Tonnen Schrott ins britische Mutterland zu verschiffen, kostet etwa so viel wie vier fabrikneue Jaguars. Die beiden Gentlemen treffen sich am nächsten Abend im Haus des Liverpoolers und sinnen auf Auswege. Man entkorkt einige Weinflaschen, schüttet deren Inhalt in die britischen Gurgeln, unterhält sich über das Wetter, die Queen und die allgemeine Finanzmisere, vermeidet jede Art von Brainstorming, vertraut voll auf die mallorcinische Traube, der rettende Einfall würde sich von selbst einstellen – und tatsächlich ... im Morgengrauen setzt sich einer der Herren an die Schreibmaschine, und sie komponieren mit Hilfe eines englisch-spanischen Wörterbuchs einen

Brief an den General Franco: auf der Insel Mallorca habe eine jahrzehntelange, rastlose Suche nach einem irdischen Paradies endlich ihr Ende und ihre Erfüllung gefunden, was man freilich nicht ohne eine Geste tiefster Dankbarkeit hinzunehmen gedenke. Den Unterzeichneten sei es daher ein Bedürfnis, dem spanischen Staat und seinem glorreichen Präsidenten zwei Autos der Marke Jaguar zu schenken, das eine zwar ein wenig feucht, das andere nicht ganz ohne Schrammen, beide jedoch durchaus würdig, dem Generalissimus überantwortet zu werden. – Keine drei Wochen später erhalten die beiden Engländer ein hochoffizielles Schreiben von einem Staatssekretär aus Madrid, in dem ihnen mitgeteilt wird, der Generalissimus habe das Geschenk dankbar angenommen. Ausgerüstet mit diesem Schreiben gehen die Engländer zu der entsprechenden Behörde und geben zu Protokoll, die beiden Schrotthaufen gehören nun nicht mehr ihnen, sondern dem Herrn Franco.

Tadé verschickt nie Einladungen, vielleicht darum sind seine Feste so erfolgreich. Die Kunde, daß Tadé ein Fest gibt, verbreitet sich in Puerto de Andraix und den umliegenden Siedlungen wie sich einst im Italien des 18. Jahrhunderts die Nachricht verbreitet haben mag, daß Zirkus und Commedia dell'arte bald ins Dorf kommen. Niemand *wird* eingeladen, das heißt, jeder *ist* eingeladen. Und darum trifft sich hier immer die buntest zusammengewürfelte Gesellschaft – Hartmut, der erfolglose, deutsche Maler und erfolgreiche Schneckenzüchter, mein Freund Allen Mountbatten in violettem Frack, wie immer bei festlichen Gelegenheiten, selten fehlt auch der 84-jährige Konsul Weibert, halb Schotte, halb Deutscher, zuletzt als Diplomat in Jugoslawien wirkend, ein Land, das er wie schon manches andere, nach kurzer Tätigkeit, innerhalb von 48 Stunden zu verlassen gezwungen war, nicht aufgrund irgendwelcher internationalen Intrigen, sondern schlicht wegen seines allzu lebhaften Interesses an der feineren Damenwelt der ihm jeweils zugeteilten Nation. Nun lebte er, ein verbitterter schottisch-deutscher Dreyfus, auf der Insel Mallorca und beklagt in schütterem Bariton sein ungerechtes Schicksal. Und jetzt, wie einst während der diplomatischen Odyssee, stand ihm seine Frau zur Seite, mit der er vor 60 Jahren den Bund der Ehe eingegangen war. Diese Frau, eine winzig kleine, doch ungewöhnlich zähe Russin, behauptete starrsinnig, einst Primadonna der Opernhäuser zu Moskau und Petersburg gewesen zu sein, eine Feststellung, die sie durch Abspielen einer uralten, verkratzten, krächzenden und auch sonst wenig überzeugenden Schallplatte vergeblich zu untermauern suchte. Frau Weibert trug Tag und Nacht eine rosa Schleife im Haar und war stets appetitlich und entzückend anzusehen, trotz ihrer 82 Lenze.

»Michael«, nahm sie mich zur Seite, »ich muß Ihnen eine ungewöhnliche Geschichte aus meinem Leben erzählen. Vielleicht können Sie das einmal verwenden. Aber warum setzen wir uns nicht? Und bringen Sie mir bitte ein Glas Rotwein. Darf ich eine von Ihren Zigaretten schnorren?«

Sie war die Tochter des Konservatoriumsdirektors zu Petersburg und wollte Opernsängerin werden. Doch war der Papa wohl nicht so recht überzeugt von ihrem Talent und empfahl ihr, lieber Volksschullehrerin zu werden. Widerstrebend fügte sie sich dem Wunsch des Vaters und wurde schließlich Lehrerin in Wladiwostok. In den großen Ferien fuhr sie jedes Jahr mit der transsibirischen Eisenbahn nach St. Petersburg, um den Sommer bei den Eltern zu verbringen. Die Fahrt dauerte 12 Tage, und einmal, am dritten oder vierten Tag der Reise gesellte sich ein bärtiger Mönch mit flackernden Augen in ihr Abteil, das sie bis dahin alleine für sich gehabt hatte. Dieser Mönch war ihr zunächst unsympathisch, zumal er, zog man den Zustand seiner Fingernägel, seiner Haare und seines Bartes in Betracht und den Geruch, den er verströmte, nicht allzuviel von Körperpflege zu halten schien. Doch schon nach zwei Tagen gemeinsamen Reisens wechselte man die ersten Worte.

›Wohin gedenken das junge Fräulein zu reisen?‹, erkundigte sich höflich der Gottesmann.

›Nach Petersburg, meine Eltern zu besuchen‹, antwortete das junge Fräulein.

›Das nenne ich einen glücklichen Zufall‹, sagte der Mönch. ›Auch mein Reiseziel ist Petersburg – der Zar hat mich eingeladen.‹

Hoppla, dachte die künftige Frau Weibert, ein Verrückter! Doch offenbar harmlos, da er freundlich ist und mit sanfter Stimme spricht.

›Darf ich fragen‹, setzte der Mönch die Konversation fort, ›was Sie nach Sibirien verschlagen hat?‹

›Ich bin Volksschullehrerin in Wladiwostok.‹

›Volksschullehrerin?!‹, rief der Mönch verwundert, hob den rechten Arm, deutete auf sein Gegenüber, deutete auf sie, wobei seine Augen unheimlicher denn je flackerten. ›Ihre Bestimmung ist nicht Volksschullehrerin, Sie sind zur Opernsängerin geboren!‹

Tief beeindruckt stieg die Tochter des Konservatoriumsdirektors in St. Petersburg aus. Der Vater war zur Stelle, umarmte sein Kind, erkundigte sich nach dem Verlauf der Fahrt.

›Ich bin mit einem verrückten Mönch im Abteil gesessen, der behauptete, der Zar habe ihn eingeladen‹, erzählte die Tochter. ›Außerdem hat er mir eine große Zukunft als Opernsängerin prophezeit. Er hat gesagt, ich solle meinen jetzigen Beruf sofort an den Nagel hängen und anfangen, Gesang zu studieren. Ist das nicht lustig, Papachen?‹

Der Vater verfärbte sich.

›Ein sibirischer Mönch? Wie sah er aus?‹

Die Tochter beschrieb ihre neueste Bekanntschaft so gut sie konnte: nicht mehr ganz jung, flackernde Augen, ein wenig verlaust.

›Dieser Mönch ist keineswegs verrückt‹, sagte der Vater, ›du bist mit Rasputin gereist.‹

Am nächsten Morgen kündigte die Reisegefährtin Rasputins ihre Stellung in Sibirien und schrieb sich, begleitet von väterlichen Segenswünschen, im Konservatorium von St. Petersburg ein.

Frau Weibert hielt mir ihr leeres Rotweinglas hin und zündete sich mal wieder eine meiner Zigaretten an. Der Konsul hatte sich zu Beginn der Rasputinerzählung in einen anderen Winkel des Hauses verzogen, was man ihm aufgrund eines einfachen Rechenexempels nicht übelnehmen durfte: er war seit 60 Jahren mit der Sängerin verheiratet, und wenn sie auch nur einmal pro Monat ihre Lieblingsgeschichte erzählte, so hatte der Konsul sie schon über 700 mal gehört.

Ich nahm das Glas der Primadonna und mein eigenes und schob mich durch das Partygestrüpp in Richtung Küche. In der Küche standen der Colonel, der Doktor und der Gastgeber Tadé, der polnische Maler, der noch als halbes Kind vor den Nazis aus seiner Heimat nach Frankreich geflohen war, wo er sich bis zum Ende des Krieges versteckt hatte, um dann auf Mallorca eine zweite Heimat zu finden. Dort bildete er sich autodidaktisch zum Maler, Bildhauer und Architekten aus. Seine Werke hängen in keinem Museum, was eine Schande ist, denn seine abstrakten Ölgemälde stehen denen von Tapies und Wols kaum nach.

Die Galeristen haben sich nie um ihn gekümmert, weil er sich nie um sie gekümmert hat. Von internationalem Ruhm hat er zeitlebens nichts gehalten, er hatte, er hat keine Zeit, sich mit diesen Nebensächlichkeiten des Lebens aufzuhalten. Er hat Besseres zu tun, auf das europäische Festland reisen beispielsweise. In der Zeit, in der man mit einem langweiligen Kunsthändler zuabend speist, kann man spielend zwei oder drei Jungfern den Kopf verdrehen. Kommt Tadé nach Mallorca zurück, hat er Dutzende instabiler Frauenherzen entfacht und gebrochen, aber nicht versäumt, all die Unglücklichen, sich Verzehrenden in sein Haus einzuladen, wobei der Terminkalender mehr als laienhaft geführt wird, was zur Folge hat, daß zuweilen mehrere der kontinentalen Flammen gleichzeitig auf den Balearen eintreffen.

Der Doktor, der Colonel und Tadé waren in ein Gespräch vertieft, als ich mit meinen beiden leeren Gläsern in der Küche eintraf. Sie beachteten mich nicht.

»In Indien herrschte noch Disziplin. Nicht eigentlich Disziplin, aber wir wurden respektiert«, sagte der Colonel.

»Kann ich mir vorstellen«, sagte der Doktor vieldeutig.

Ich fand eine Flasche Rotwein und den Korkenzieher. Ich schraubte den Korkenzieher in den Korken, spannte meine Muskeln an und kurz ehe ich das knallend-schmatzende Geräusch der entpfropften Flasche zu vernehmen gewärtigte, gab es einen schweren, dumpfen Knall, den das Geklirr eines zerspringenden Glases begleitete. Ich drehte mich um. Der Colonel war wie ein Mehlsack zu Boden gesunken. Schon kniete der Arzt über ihm, schon legte er sein Ohr auf die Brust des Colonels, fühlte ihm den Puls.

»Finito«, sagte der Doktor, stand auf und strich seine Bügelfalten glatt.

Tadé sperrte die Küchentür von innen ab.

Ich rief mir die letzten Worte des Colonels ins Gedächtnis:

›... aber wir wurden respektiert.‹

Ich war bestürzt, entsetzt, aber dennoch nahe einem Lachkrampf. Ich empfand sogar einen – durch nichts berechtigten – Triumph: ich hatte über diesen Colonel, der mir vom Augenblick seines Erscheinens an zutiefst unsympathisch war, ich hatte über den Oberst, den britischen Imperialismus gesiegt, ganz einfach, weil ich lebte, weil ich einen Lachkrampf über seiner Leiche zu unterdrücken suchte. Der tote Colonel schien mir noch verabscheuenswürdiger als der lebendige. Ich empfand nicht die Spur von Mitleid. Da lag er, bar jeglicher Würde, dumm und tot auf einem spanischen Küchenboden.

»Wir müssen die Party sofort abbrechen«, sagte Tadé.
»Davon wird der auch nicht mehr lebendig«, sagte der Arzt.
»Stimmt«, pflichtete Tadé bei. »Aber wohin mit ihm?«
Er öffnete das Küchenfenster. – Da stand Antonios Lieferwagen. Mit dem Heck zum Fenster.
»Kommt«, sagte Tadé.
Der Arzt, Tadé und ich hoben den Körper des Colonels auf und schoben ihn durchs Fenster in Antonios Lieferauto. Dann schloß Tadé das Fenster und sperrte die Tür wieder auf. Eine Flut durstiger Gäste ergoß sich in die Küche. Tadé hatte genug und ging in sein kleines Atelier hinter dem Haus und legte sich schlafen. Die Party ging weiter, die Party ging zuende, Tadé schlief. Sein schwarzer, immer schlecht gelaunter Kater wärmte ihm die Füße.

Am Vormittag trommelt jemand wie besessen gegen die Haustür. Tadé steht brummend, knurrend, fluchend auf und öffnet. Antonio steht vor der Tür, ringt nach Atem, fuchtelt mit den Händen in der Luft.

»Bist du verrückt geworden?!«, schreit er. »Kannst du mir das vielleicht mal erklären?!«

»Was ist los?«, sagt Tadé.

»Was los ist?! Ich fahre heute früh zur Großmarkthalle nach Palma, kaufe das Zeug für meinen Laden, will die Kisten mit den Orangen und dem Spinat einladen, da liegt der tote Oberst in meinem Lieferwagen. Er liegt noch da. Das ist los!«

»Ach ja«, erinnert sich Tadé. »Als ich schlafen ging, wußte ich, daß ich dir noch was sagen wollte. Paß auf, der Colonel ist gestern während der Party gestorben, und wir wußten nicht, wohin mit ihm.«

»Sehr schön!«, ruft Antonio. »Und dann habt ihr ihn in meinen Wagen gestopft, sehr schön!«

»Du hättest auf dem Rückweg von Palma den kleinen Umweg über den Friedhof machen können, um ihn dort abzuliefern.«

»Tatsächlich?«, sagte Antonio. »Guten Morgen, ich habe hier einen toten Engländer im Auto, ich weiß auch nicht, wie er da reingeraten ist, würden Sie ihn bitte mal eben beerdigen.«

»Antonio«, sagt Tadé, »fahr den Kerl jetzt zum Friedhof, ich ruf dort an und sorge dafür, daß alles in Ordnung kommt.«

»Sag mal«, flüstert Antonio, »unter Freunden, ist der Colonel ermordet worden?«

»Nein, er ist nicht ermordet worden«, sagt Tadé und schließt die Tür.

Er schlurft ins Schlafzimmer zurück. Der Kater gibt ein mißbilligendes Geräusch von sich und springt vom Bett.

Tagträume in Kalifornien

Städte lernt man nur zu Fuß kennen. Will man sich aber auch die Vororte und weitere Umgebung ansehen, kann das schwierig werden, wenn man kein Auto zur Verfügung hat und es öffentliche Verkehrsmittel nicht gibt. Da hilft dann oft nur eine Methode, deren Anwendung allerdings einen schlechten Charakter erfordert: man wird bei einem Makler vorstellig und gibt vor, ein Haus kaufen zu wollen; der Makler wird einen keine Viertelstunde später in seinen Wagen laden und alles zeigen, was man zu sehen wünscht.

Ich habe diese Methode nie angewandt, mir kam nur die Idee, als ich einmal die Dienste eines Maklers in Anspruch genommen habe. Ich hatte erwogen, an die Bucht von San Francisco zu ziehen, hätte das auch gerne getan, wenn es mir finanziell möglich gewesen wäre. Don war ein netter Makler, ein geduldiger, gutmütiger, etwas humorloser Mensch. Er hat mir zwanzig bis dreißig Häuser gezeigt, häßliche, doch guterhaltene und halbverfallene, teuere und sehr teure, vor, an, auf und hinter Hügeln, mit Blick auf die Bucht, mit Blick auf ein Zementwerk, es war alles dabei.

Hätte ich das Haus in der Nähe der Sacramento Street in Berkeley kaufen sollen? Es war groß, hatte einen Garten und hätte mehrerer Monate Renovierungsarbeit bedurft. Vielleicht wäre es mir auch gelungen, den Gestank ungereinigter Katzenklos aus den Räumen zu vertreiben. Der Sperrmüll war das wenigste; ein paar Stunden, und die Matratzenlager, die Bücherregale aus Orangenkisten, die Sessel und Sofas, aus denen die Sprungfedern schossen, wären auf das Trottoir gestapelt gewesen.

— Hast du das Haus gekauft? Wenn du Handwerkszeug ausleihen willst, sag' Bescheid.

Zuerst lernt man die Nachbarn kennen, lädt sie ein, wird eingeladen, die Nachbarn bringen andere Nachbarn mit, kein halbes

Jahr, und man hat einen Freundeskreis beisammen, einen, sagen wir, originellen Freundeskreis; nachdem, was ich in dieser Gegend gesehen habe, scheint mir das das treffende Adjektiv zu sein.

— Mike, könntest du unser Baby für einen Abend nehmen, wir müssen zum Flughafen, jemanden abholen.

— Wann kommt ihr zurück?

— Gegen Mitternacht.

— Also gut.

Drei Wochen später. Das Telefon läutet.

— Mr. Schultz, hier spricht Charles Miller vom Polizeirevier.

— Seit Tagen warte ich auf Ihren Anruf. Haben Sie endlich etwas rausbekommen?

— Wegen Ihres Babys?

— Entschuldigen Sie, das ist nicht mein Baby.

— Ich weiß. Also, die Eltern wurden tatsächlich in dieser Nacht auf dem Flughafen von San Francisco gesehen. Der Freund, den sie abholen wollten, war offenbar der Drogenhändler, den wir damals festgenommen haben.

— Und die Eltern?

— Sind uns entkommen, Mr. Schultz.

— Und das Baby?

— Wir tun, was wir können.

»Nun Mike«, unterbrach Don meine Tagträumereien, »wie hat Ihnen dieses Haus da unten gefallen?«

»Ich weiß nicht so recht«, sagte ich, »das Baby stört mich.«

Don sah mich ein wenig verwirrt an.

Ich erinnere mich, welche Assoziationskette mich auf dieses Baby brachte. Der ›Musenstall‹ war's, die Saufhöhle des ›Theaters am Turm‹ in Frankfurt, meine Stammkneipe in den 60er-Jahren. Und irgendwann in den 60er-Jahren war es auch, da Plakate von allen Litfaßsäulen Frankfurts das Musical HAIR ankündigten. Das Original-Ensemble im ›Theater am Turm‹. Der Vorverkauf lief glänzend. Nach den ersten Aufführungen stockte die Nachfrage.

Das war kein Wunder. Abend für Abend saß das Ensemble fast vollzählig im ›Musenstall‹ und gab sich ungeniert dem Genuß ihres unerschöpflichen Vorrats an Haschisch-Zigaretten hin.

Drogen beeinträchtigen das Zeitgefühl, und so war es nur natürlich, daß man mehrmals pro Abend ein Ensemblemitglied den Fluch ausstoßen hören konnte:

»Scheiße, vor zehn Minuten war mein Auftritt.«

Das veranlaßte die Kollegen, einen Blick auf die Uhr zu werfen. Niemals war der Unglückliche, der seinen Auftritt versäumt hatte, allein. Ich weiß wirklich nicht, was damals auf der Bühne vorging. Viel kann da nicht passiert sein, allzu fasziniert war die Crew von der anheimelnden Atmosphäre des ›Musenstall‹.

Mit einem jungen Ehepaar aus dem bühnenscheuen Ensemble hatte ich mich angefreundet. Die Frau war im neunten Monat schwanger.

»Michael, wir haben gehört, daß du eine schöne 3-Zimmer-Wohnung hast.«

»Schön ist zwar anders, aber immerhin drei Zimmer.«

»Und ein Zimmer ist leer, nicht wahr?«

»Stimmt.«

»Ja, weißt du, wir lehnen Ärzte und Krankenhäuser ab. Dürfen wir vielleicht das Baby in deinem dritten Zimmer zur Welt bringen?«

Gewöhnlich fällt es mir schwer, nein zu sagen, aber dieses eine Mal fiel es mir leicht.

»Wir haben aber fest mit dir gerechnet.«

»Tut mir leid.«

»Wir hätten zwar nie gedacht, daß du so hartherzig bist, aber dürfen wir dich dennoch zu einem Bier einladen?«

Damit hätten sie mich beinahe geschafft, aber noch heute bin ich froh, daß ich dieses einemal nein gesagt habe.

»Wir nähern uns einer sehr liebenswerten Siedlung«, sagte Don.

»Siedlung?«
»Die Häuser sehen nicht alle gleich aus, aber ähneln einander. Es ist eine freundliche und mittelständische Gegend, die Leute halten ihre Häuser und Gärten schön sauber, es wird Ihnen sicherlich gefallen.«

Das Haus war nicht schlecht. Die Tapete mit dem Blümchenmuster und die mit den stilisierten Segelschiffen hätten übertüncht werden müssen, und der orange-braun geflammte Teppichboden war auch nicht nach meinem Geschmack. Mehr als das Haus charakterisierte der Garten die Eigentümer und die ganze Wohngegend. Zwei Pfade – Steinplatten, rustikale Oberfläche – unterteilten den Rasen und führten zu einem nierenförmigen Goldfischteich und zu Beeten, die mit Plastikmuscheln umfriedet waren. Etwas fehlte. – Richtig. Aber gibt es in Amerika Gartenzwerge?

— Deine Möbel gefallen mir, Mike, aber warum hast du die schönen Tapeten überstrichen?

— Die Bilder wirken auf einem weißen Hintergrund besser.

— Diese Bilder werde ich nie verstehen. Ich mag es lieber, wenn man auch was erkennt, Landschaften und so. Stören dich meine Lockenwickler?

— Nein, Nancy. Möchtest du noch einen Drink?

— Mach mir nochmal so einen Pina Colada.

— Gerne.

— Wußtest du, daß ich mit Frank jetzt schon zwölf Jahre verheiratet bin?

— So lange schon?

— Ja leider. Frank vernachlässigt mich.

— Laß man, Frank ist in Ordnung.

— Wenn er hier ist, wenn er auf Parties ist, ja. Aber zu Hause! Er tut mir nicht mal den Gefallen, mit mir sonntags in die Kirche zu gehen.

— Ich sag' ja, Frank ist in Ordnung.

— Ach Mike, ich bin so unglücklich.

»Sie haben nichts gesagt, und soviel habe ich schon mitbekommen, wenn Sie nichts sagen, gefällt Ihnen das Haus nicht. Ich glaube, ich weiß jetzt, was Sie suchen. Wir fahren nach Oakland. Ich hab da ein recht ungewöhnliches Haus an der Hand. Eigenwillige Architektur und ein verrotteter Garten.«

»Klingt gut«, sagte ich.

Don hatte nicht übertrieben. Ein Traumhaus, ein Traumgarten. Die Besitzer waren noch nicht ausgezogen. Ein Bücherregal – mein Gott, hatten die schöne Bücher! Eine Schallplattensammlung: Beethovens und Mahlers Symphonien, sämtliche Klavierkonzerte von Mozart, Gesamtaufnahmen einiger Verdi-Opern. Und da: Kompositionen von John Cage, David Tudor, Edgard Varèse.

»Dieses Haus, diese Einrichtung, ich meine, die Bücher und Platten, ist das eine Ausnahme oder ist das typisch für diese Nachbarschaft?«

»Hier wohnen nur solche«, sagte Don. »Aber Vorsicht! Das Haus liegt an einem Hügel und kann beim nächsten Gewitter ins Tal rutschen. Haben Sie die Risse in den Wänden der Küche bemerkt?«

»Diese herrliche Plattensammlung!«

Wenn ich betrunken bin, lege ich gerne die ›Eroica‹ auf und parodiere Dirigenten. Auf meinem Programm stehen: Otto Klemperer, Hans Knappertsbusch, Pierre Monteux, Herbert von Karajan, Eugene Ormandy, Wilhelm Furtwängler, Leonard Bernstein und noch ein paar andere.

— O, Mike, du kannst Dirigenten nicht nur wundervoll parodieren, du *bist* ein wundervoller Dirigent.

— Sehr nett von dir, aber das stimmt nicht.

— Warte bis mein Mann vom Klo zurückkommt. Er ist erster Cellist im hiesigen Symphonieorchester.

— Schon gut, Evelyn.

— Da ist er. Mortimer, hast du Mikes Karajan-Parodie gesehen?

— Nein. Go ahead, Mike.
— Ist das nicht großartig?
— In der Tat. Mike, ich bin erster Cellist in unserem Orchester. Unser Dirigent ist vorige Woche gestorben. Wie wär's? Möchtest du unser Chef werden?
— Muß ich mir überlegen. Ich ruf' Montag an. In Ordnung?
— In Ordnung.
— Über das Gehalt reden wir dann.
— OK.

»Das ist ein schönes Haus, Don. Darin würde ich gerne leben. Hat Oakland ein Symphonieorchester?«

»Nicht mehr«, sagt Don. »Der Dirigent ist mit einer Cellistin durchgebrannt, danach wurde das Orchester aufgelöst.«

»Für immer?«

»Ich weiß nicht«, sagte Don. »Vielleicht findet sich mal wieder ein Dirigent.«

»Vielleicht«, sagte ich.

Die Zwergschule

Eine österreichische Zwergschule mitten in Damaskus – das klingt seltsam. Aber es hat sie tatsächlich gegeben, vor gut dreißig Jahren, ich habe sie selbst besucht.

Als ich neun Jahre alt war, zogen wir (meine Mutter, mein Stiefvater, meine Schwester und ich) nach Damaskus. Meine Schwester und ich wurden auf eine Zwergschule geschickt, die eine österreichische Volksschullehrerin, eine gewisse Frau Mariani betrieb. (Unsere Eltern hätten freilich besser daran getan, uns auf eine französische oder arabische Schule zu schicken, so daß wir uns am Ende der Kindheit noch relativ mühelos eine zweite Sprache hätten aneignen können, doch fast sämtliche Pädagogen und Eltern der Welt bestehen hartnäckig darauf, Kinder erst dann mit Fremdsprachen zu konfrontieren, wenn es hoffnungslos zu spät ist.) Frau Mariani unterrichtete Deutsch und Englisch und beides mit einem herrlichen Wiener Akzent. (Man kann also schwerlich behaupten, wir seien zweisprachig aufgewachsen.) Außerdem wurden noch die Fächer Mathematik und Geographie gegeben, wofür sich Frau Marianis Schwiegervater zuständig fühlte, ein etwa sechzigjähriger, bemerkenswert vertrottelter Nervenarzt, der auf den Namen Bobby hörte. Ich weiß noch genau, wie Bobbys erste Geographiestunde verlief. Er fläzte sich hinter das Pult und entwarf sein Konzept: »Oiso, anfangan dua ma mit Deitschlond. Und zwoa foigandamaßn: heit moch ma die Städt, nächste Woch die Flüß und dann die Berg. Oiso schlogds die Heft auf. Mir fangan untn an, im Südn. Schreibds: ›München, Augsburg, Stuttgart, Frankfurt, Köln, Hamburg.‹ So, und des lernds ma auswendig bis nächste Woch.« Der Bobby erhob sich und schlurfte davon, an der Tür blieb er stehen und rief: »Jessas, jetz hätt i beinah wos vagessn. Schlogds die Heft nomoi auf und schreibds: ›Berlin‹.«

Das alles fand in einer riesigen Wohnung im Zentrum von Damaskus statt. Ein Raum diente als Klassenzimmer, das angrenzende Zimmer war Bobbys Praxis. Bobby war ein überzeugter Anhänger der Elektroschocktherapie, oft hörten wir die vor Schmerz brüllenden Patienten. Die restlichen Räume wurden von Bobby, Frau Marianis Bruder und seiner Frau und deren Sohn Heinzi bewohnt, dem es schon mit sechs Jahren gelungen war, wie Paul Hörbiger auszusehen.

Zum Schuljahresende gab es Zeugnisse, die gewöhnlich glänzend ausfielen, da Frau Mariani dergestalt nicht nur ihr ansehnliches Schulgeld zu rechtfertigen suchte, sondern auch den brüchigen Glauben der Eltern an ihre und Bobbys pädagogische Fähigkeiten zu kitten suchte. Kein Mensch nahm diese Zeugnisse ernst, am wenigsten meine Mutter und mein Stiefvater. Ich wußte das, dennoch fühlte ich mich elend, unsagbar elend, als ich als einziger ein Zeugnis ausgehändigt bekam, das vor schlechten Noten strotzte. Ich hatte nicht das Gefühl, ungerecht behandelt worden zu sein, durchaus nicht, da ich die Unterrichtszeit ebenso verbracht hatte wie schon zuvor in der Volksschule in Gräfelfing bei München und wie ich sie später auf dem Gymnasium, erst in München und dann wieder in Gräfelfing verbringen sollte, nämlich schlafend. Ich habe vom ersten Schultag an darauf trainiert und es im Lauf der Zeit zu wahrer Meisterschaft gebracht, noch heute übertrifft mich niemand in der Kunst, mit offenen Augen zu schlafen. Oder besser: tagzuträumen. Ich weiß nicht mehr, warum mich dieses Zeugnis so deprimierte, vielleicht weil es von dem Autorenteam Bobby/Mariani stammte, über das ich mich offen und heimlich lustig gemacht hatte, und das jetzt versuchte, durch schlechte Noten Rache zu üben, womöglich sogar in meine Tagtraumwelt einzudringen. Ich habe es später noch oft erfahren: die Wirklichkeit ist eine einzige Beleidigung meiner Tagträume.

Ich trödelte auf dem Heimweg von der Schule noch ausgiebiger als sonst, aber nicht, um die bis zum Überdruß bekannten Auslagen in den Schaufenstern zu betrachten, auch nicht, um mit dem Mann vom Zeitschriftenkiosk zu sprechen, der mir täglich ein Foto von Rita Hayworth zeigte und stöhnte: »I love her«, worauf er das Foto küßte und wieder in die Zigarrenkiste mit dem Wechselgeld legte, oder um in die Garage einzudringen, die dem Maler der riesigen Kinoplakate als Atelier diente, Tarzan auf einem Elefanten durch den Dschungel reitend, Zorro in wildem Galopp hinter einer Bande ruchloser Banditen her, das Doppelportrait eines gutfrisierten Herrn und einer Dame, durch deren Schleier Tränen zu erkennen waren, ich trödelte auch nicht, um den ungarischen Maler Löckesch zu besuchen, der genau auf halbem Weg zwischen der Schule und unserer Wohnung zusammen mit seiner Frau und einem schmutzstarrenden Baby ein Zimmer bewohnte und der kleine, orientalische Alltagsszenen malte, wobei die Turbane immer durch dicke, weiße Ölfarbenkleckse dargestellt waren, die wie Vogelmist aussahen, nein, an diesem Tag trödelte ich, weil ich beleidigt war. Ich machte einen Umweg. Vor einer Metzgerei hatte sich ein Halbkreis junger Männer gebildet. Ich stellte mich dazu. Auf der Straße hockte ein Mann mit einem Huhn im Arm. Der Mann richtete sich auf, packte das Huhn am Kopf, schlitzte ihm den Hals zur Hälfte durch, ließ das Huhn aus und sprang zur Seite. Das Huhn flatterte, rannte gackerte, kreischte, kreiselte, und die Männer wollten sich ausschütten vor Lachen. Ich stand wie gelähmt da. Das Huhn schnellte hoch, und eine Fontäne Blut spritzte auf meine Kleidung. Ich rannte davon.

An schlechte Zeugnisse habe ich mich später gewöhnt. An schlechte Lehrer auch. Es gibt Menschen, die man nie sonderlich mochte, solange man mit ihnen zu tun hatte, die aber in der Erinnerung allmählich ein paar liebenswerte Züge annehmen. Zu diesen Menschen zählen in meinem Leben Frau Mariani und ihr Bobby.

Die kleinste kommunistische Partei der Welt

Chris war 20 Jahre alt und mein Freund. Er studierte Jura an der Universität zu Bangkok. Seine Tante hatte ein kleines Lokal nicht weit vom Sunday Market. Chris war Kellner in diesem Lokal, so verdiente er Geld für sein Studium. Es ist mir nie gelungen, Chris zu einem Bier einzuladen. Jedesmal, wenn ich ihn aufforderte, mit mir zu trinken, sagte er ebenso freundlich wie verächtlich und vorwurfsvoll: »Ich brauche mein Hirn für wichtigere Sachen.«

Ich war zum zweiten- oder drittenmal in Bangkok, dieser schrecklichen, stinkenden, lärmenden, dreckigen, faszinierenden, unerträglich heißen Metropole mit ihren Slums, Prachtbauten, Tempeln, Palästen, Banken, Märkten, Parks und Puffs, mit ihren Bettelmönchen, Bettlern, Traumfrauen, chinesischen Geldhaien, chinesischen Philosophen, korrupten Polizisten und Taxichauffeuren, mit ihrer Geruchsmischung aus Müll, Räucherstäbchen, Fisch, Papayafrüchten, Orchideen, Abgasen und Schweiß, mit ihrem höllischen Verkehrslärm, den Feuerwehrsirenen Tag und Nacht (immer brennt es irgendwo in Bangkok), den voll aufgedrehten Transistorradios, dem quäkenden Geschrei der Händler, den Lokalen, in denen es so laut ist, daß die Cafés und Pinten in Italien sich dagegen wie Taubstummenheime ausnehmen, ich war zum zweiten- oder drittenmal in Bangkok, als ich dieses Lokal fand, in dem Chris als Kellner arbeitete. Ich weiß natürlich nicht mehr, was ich damals bestellt hatte, aber ich weiß noch, daß sich Chris zu mir an den Tisch setzte und mir eine Frage stellte, die mich überraschte: »Was hältst du von Hitler?«

»Hitler«, sagte ich, »war zweifellos der furchtbarste Verbrecher, den das Menschengeschlecht hervorgebracht hat.«

Er strahlte, er war offenbar glücklich, wir schüttelten Hände.

»Mein Name ist Chris«, sagte er, »wie heißt du?«
»Ich bin Michael«, sagte ich.
»Du magst Hitler nicht«, sagte Chris, »ich bin so froh, endlich mal einem Kommunisten zu begegnen.«
»Nicht jeder, der gegen Hitler ist«, klärte ich Chris auf, »ist notwendigerweise ein Kommunist. Ich bin eher ein demokratischer Sozialist und ansonsten phantasiere ich über eine anarchistische Gesellschaftsordnung.«
»Das ist gut genug«, sagte Chris. »Was hältst du von unserem König?«
Ich wußte, daß in Thailand Majestätsbeleidigung das schwerste Vergehen überhaupt ist. Selbst liberal gesinnte Thais wagen es nicht, auch nur ein kritisches Wort über den König fallen zu lassen. Majestätsbeleidigung wird härter geahndet als Mord. Ein Mörder kommt, wenn er sich schuldig bekennt, in der Regel mit 4 Jahren Gefängnis davon – in diesem Land mit der höchsten Mordrate der Welt. Warum wird ausgerechnet im freundlichen Thailand so viel gemordet? Meiner Ansicht nach liegt das am Klima und den Höflichkeitsformen. Nicht nur die Touristen, sondern auch die Thais leiden unter der wahnwitzigen Hitze und Luftfeuchtigkeit. Dieses Klima allein schon macht aggressiv, erst recht in einem Land, in dem es oberstes Gebot guten Benehmens ist, nie, aber auch nie aus der Haut zu fahren. Egal, wie sehr man beleidigt wird, egal, wie sehr einem Unrecht getan wird, man hat zu lächeln, man hat ruhig und höflich zu bleiben, man hat zu schlucken – jahrelang, jahrzehntelang, ein Leben lang. Aber die Thailänder sind auch nur Menschen, die Aggressionen stauen sich an, und dann genügt der geringste Anlaß, und die allzulang unterdrückte Wut bricht aus und entlädt sich in einem Mord. Die Richter, ob konservativ oder progressiv eingestellt, gehen von der Einmaligkeit der Tat aus, und ahnden Affektmorde so mild wie möglich. Und dieselben Richter sind sich noch in einem anderen Punkt einig: Majestätsbeleidigung wird staatserhaltend mit dem Tode bestraft. Doch

regelmäßig wandelt der König in seiner Güte und Barmherzigkeit die Todesstrafe in ein gnädiges Lebenslänglich um.

Chris wartete meine Antwort nicht ab und rief: »Ich hasse den König!«

»An deiner Stelle würde ich etwas leiser reden«, sagte ich.

Chris lachte. »Es ist nur noch eine Frage von Wochen«, sagte er, »bis die Revolution ausbricht. Der König wird gestürzt werden, und die Revolutionäre werden die Regierung übernehmen.«

»Wenn's dann soweit ist, kannst du ja noch immer auf den König schimpfen«, sagte ich. »Aber ich fürchte, du täuschst dich, wenn nicht alle Anzeichen trügen, liegen die Militärs in den Startlöchern.«

(Leider sollte ich recht behalten. Ein paar Monate später wurde die thailändische Demokratie von reaktionären Offizieren in einem blutigen Putsch von unvorstellbarer Grausamkeit zerstört.)

Jeden Nachmittag ging ich in dieses Lokal, holte mir eine Cola aus dem Kühlschrank und bestellte etwas zu essen. Nachdem ich einmal als Stammgast akzeptiert war, bekam ich zu jeder Mahlzeit ein Gratisspiegelei; egal, was ich bestellte, ob Fisch, Pudding, Obst – obendrauf lag das Spiegelei und Chris sagte: »Das Ei ist ein Geschenk meiner Tante, es kostet nichts.«

So höflich wie irgend möglich versuchte ich anzudeuten, daß ich gerne auf dieses Geschenk verzichten würde. Mir schmecke das Mahl mindestens ebenso gut ohne Spiegelei, in Europa sei man Spiegeleier nicht gewohnt und so weiter.

Auch ließ ich manchmal demonstrativ Spiegeleireste auf dem Teller liegen, es half nichts, ich bekam weiterhin mein Spiegelei, Tag für Tag, gnadenlos.

Chris hat sein Studium inzwischen wohl beendet, und ich hoffe, daß er als Jurist brauchbarer ist, als er es damals als Kellner war. Wenn er keine Lust hatte zu servieren, ließ er Gäste einfach Gäste sein und unternahm ausgedehnte Spaziergänge durch Bangkok mit mir. Er hat mir Viertel gezeigt, die ich alleine nie gefunden hätte, er hat mich in Tempel geführt, die in keinem Reiseführer erwähnt werden. Unterwegs sprachen wir immer über Politik, ich versuchte, seinen Optimismus zu dämpfen, er versuchte, mein pessimistisches Weltbild ein wenig aufzuheitern. Und eines Nachmittags, während eines solchen Spaziergangs, fand Chris einen 10-Baht-Schein auf der Straße. Er hob den Geldschein auf, schwenkte ihn durch die Luft, in der Hoffnung, die Aufmerksamkeit des rechtmäßigen Eigners auf sich zu ziehen. Niemand reagierte. 10 Baht entsprachen dem Wert von etwa 1 Mark 30, viel Geld für die meisten Thailänder. Für diesen Betrag konnte man auf einem der zahllosen Märkte genug Lebensmittel kaufen, um eine Mahlzeit für eine vierköpfige Familie zuzubereiten.

»Was soll ich mit dem Geld machen?«, sagte Chris. »Dem Gesetz nach wäre ich verpflichtet, es bei der Polizei abzuliefern. Aber diese korrupten Schweine würden es für sich behalten.«

»Ich weiß auch nicht«, sagte ich, »stifte das Geld halt der Kommunistischen Partei.«

Chris steckte den Geldschein in seine Hosentasche und wechselte das Thema. Wir gingen weiter und wenig später standen wir in einem Tempel mit einem riesigen, liegenden Buddha.

»Das ist der größte Buddha Bangkoks«, sagte Chris. »Er wird vor den Touristen geheimgehalten, die frommen Buddhisten wollen ihn für sich selbst.«

Ich rätselte, was Chris mehr Spaß machte – mir diesen geheimen Ort zu zeigen, oder diesen Tempel durch einen ausländischen Sozialisten und Atheisten entweiht zu wissen? Auch weiß ich nicht, ob er enttäuscht war, mich tief beeindruckt zu sehen? Ich konnte mich des Eindrucks nicht erwehren, daß Chris selbst, der ja immerhin trotz seines christlichen Vornamens, eine streng buddhistische Erziehung gerade hinter sich hatte, auch ein wenig gänsehäutig im stummen Halbdunkel dieses Tempels wurde.

Am nächsten Tag, ich hatte mein obligatorisches Spiegelei gerade verzehrt, fragte mich Chris, ob ich gerne Eis esse? Ich bejahte, und er ging mit mir in eine Eisdiele, nur ein paar Ecken vom Lokal seiner Tante entfernt.

»Darf ich bestellen?«, fragte Chris. »Ich weiß, was am besten hier ist.«

»Nur zu«, sagte ich.

Chris kam mit einem schlichten Vanilleeis für sich von der Theke zurück und einem Eisbecher, einem Eispokal für mich, bei dessen schierem Anblick man schon Zahnweh bekam, einem babylonischen Eiskugelturm in schreiend bunten Farben, verziert mit Schnörkeln, Spiralen, Hütchen und Hügeln rätselhafter Beschaffenheit, darüber grün funkelnde Schlagsahne, das Ganze sah aus, als hätte man einen schizophrenen Popkünstler gebeten, eine Tropfsteinhöhle zu gestalten.

Ich würgte das Zeug runter, und Chris fragte mich alle paar Sekunden, ob es mir schmecke? Ich nickte begeistert, fand lobende Worte für diesen fernöstlichen Horror und habe, glaube ich, eine überzeugende schauspielerische Leistung geliefert. Während ich aß, klang mir aus ferner Kindheit die Stimme meiner Mutter im Ohr: ›Schön aufessen, schön aufessen.‹

Nachdem ich schön aufgegessen hatte, ging ich von Magenkrämpfen gepeinigt zur Theke, um zu bezahlen. Ich muß mich so ähnlich wie Groucho Marx fortbewegt haben.

»Was machst du da?«, rief Chris, »ich habe schon bezahlt.«

Wir verließen die Eisdiele.

»Ich wollte dich einladen«, sagte ich.

»Du kannst mich ein andermal einladen«, sagte Chris. »Ich habe mit den 10 Baht bezahlt, die ich gestern auf der Straße gefunden habe.«

»Ach, wirklich?«

»Ja«, sagte Chris, »jetzt sind wir zwei eine kommunistische Partei.«

Das war das erste und einzige mal, daß ich den Wunsch verspürte, einem Mann einen Kuß zu geben.

Jean, der Meisterfotograf

Ich bin jetzt schon zwei Monate bei den Torajas im Zentrum Sulawesis, dem früheren Celebes, eine der fünf großen Inseln Indonesiens. Das einzige Vergnügen der Torajas, ihre einzige Abwechslung vom Alltag, die alljährlichen Höhepunkte ihres Daseins sind – Beerdigungen. Diese seltsamen Riten, diese aussterbende Religion zu studieren, bin ich hier. Ich wohne in Rantepao, dem größten Gemeinwesen des Torajalandes. Wenn ich abends von meinen Wanderungen, von den tagelang dauernden Beerdigungen zurückkomme, gehe ich gewöhnlich ins ›Rachmat‹, um mir eine Portion Büffelfleisch und ein Bier zu bestellen.

Ich habe einen anstrengenden Tag hinter mir. In der Früh bin ich ohne Plan, ohne Ziel über die Dämme der Reisfelder gezogen und habe eine Höhle entdeckt, die mit Skeletten, Schädeln und Gebeinen gefüllt war, von der Decke hingen morsche, aufgeplatzte Bambussärge. Ich ging ins nächste Dorf und erkundigte mich. Kein Mensch hatte je etwas von dieser Höhle gehört. Die Bewohner folgten mir, ich führte sie zu der Höhle. Wider Erwarten waren die Dorfbewohner wenig beeindruckt.

»Mr. Michael«, sagte der Bürgermeister, »Sie haben ein vergessenes Steingrab entdeckt.«

Alle nickten zustimmend und kehrten um. Ich trottete mit ihnen ins Dorf zurück. So verging der Vormittag. Ich mußte mich beeilen, ich hatte den Hinweis auf eine Beerdigung bekommen, bei der keine Touristen sein würden. Die 6 Kilometer Fußmarsch haben sich gelohnt. Danach aber noch 8 Kilometer bis nach Rantepao. Dunkelheit, keine Taschenlampe, außerdem bin ich total nachtblind. Irgendwie habe ich es geschafft. Und genossen und ausgekostet. Die Nacht ist hier noch eine Nacht mit allen Schrecknissen, Gespenstern, Geistern und Mysterien. Ich mußte an Mark

Twain denken, der die Nächte auf dem Mississippi so unvergleichlich beschrieben hat. Jahrzehnte später hat er – eine Anregung seines Verlegers – den Mississippi noch einmal bereist. Das wurde die größte Enttäuschung seines Lebens. Die Nacht war verschwunden. Überall, in den Dörfern, den Städten, an den Ufern, überall leuchtete elektrisches Licht. Edison mit seiner Glühbirne hatte Mark Twain die Kindheit, die Nacht geraubt. Edison hat uns allen die Nacht geraubt.

Als ich im ›Rachmat‹ eintreffe, bin ich reif für ein Bier. Ich setze mich an den Tisch des eigentümlichen Ehepaars, das ich seit ein paar Tagen kenne. Er ist Franzose, sie ist Deutsche.

»Wo kommst du her?«, fragt er.

»Von einer Beerdigung«, sage ich.

»War es interessant?«

»Sehr sogar. Warum sieht man euch nie auf den Beerdigungen?«

»Ach ja, diese verfluchte Kamera. Du hast sicherlich schöne Aufnahmen gemacht. Laß mal deinen Fotoapparat sehen.«

Ich zeige ihm meine Kamera.

»Das ist Kinderkram«, sagt er. »Damit kann man keine Meisterfotos machen. Aber verflucht, du bist besser dran als ich.«

»Was soll das heißen?«

»Ich habe die beste Kamera der Welt, damit kann man Fotos machen, Fotos, sage ich dir, dagegen ist alles andere Dreck. Die Kamera hat nur einen Nachteil, sie ist so schwer, daß ich sie über längere Strecken einfach nicht mit mir rumschleppen kann, ich kann sie nicht tragen, verstehst du, und was soll ich ohne Kamera auf den Beerdigungen?«

»Hast du das Ding dabei?«

Er zieht unter dem Tisch eine Tasche hervor, aus der er eine Kamera von phänomenalen Ausmaßen wuchtet. Der Apparat wiegt mehr als mein gesamtes Reisegepäck.

»Das ist doch nicht zu fassen«, sage ich, »dieses Monstrum läßt sich ja kaum vom Fleck bewegen. Mir ist schleierhaft, wie man damit außerhalb eines Ateliers und ohne Stativ fotografieren kann?«

»Endlich siehst du es ein«, lacht der Franzose, »das Ding ist einfach zu schwer. Was würdest du an meiner Stelle tun?«

»Eine leichtere Kamera kaufen«, sage ich.

»Genau«, ruft Jean. – Ich habe seinen Namen vergessen, ich nenne ihn einfach Jean, damit ich nicht immer ›der Franzose‹ sagen muß, die meisten Franzosen heißen ohnehin Jean. »Genau. Sieh mal, was ich mir in Singapore gekauft habe? Du wirst deinen Augen nicht trauen.«

Er kramt eine japanische Spiegelreflexkamera hervor, die kaum größer als eine Zigarettenschachtel ist und entsprechend leicht; dazu winzige Wechselobjektive, wirklich ein technisches Wunder.

»Na also«, sage ich, »das ist doch der ideale Reiseapparat, warum ziehst du nicht damit los?«

»Das hatte ich auch vor. Ich hatte es sogar ein paarmal probiert, aber es geht nicht. Ich muß dann immer denken: ›Im Hotel liegt die beste Kamera der Welt, und du fotografierst mit diesem Spielzeug hier‹.«

»Was bist du eigentlich von Beruf?«

»Reisereporter«, sagt Jean.

»Und für wen?«

»Für niemanden. Diese Hunde. Ich war in zig Redaktionen; Sensationsberichte und Meisterfotos habe ich ihnen versprochen, aber diese Idioten haben entweder nicht einmal zugehört oder mir höchstens ein Taschengeld angeboten, aber ich will Dollars, verstehst du? Dollars, Tausende, das ist doch wohl das mindeste, ein anständiges Honorar für meine Sensationsreportagen und Meisterfotos, das kann ich doch verlangen, oder?

»Selbstverständlich kannst du das.«

Ich gebe ihm recht, unterstütze ihn durch meine spärlichen, zustimmenden Antworten in seinen Tagträumen, in seinen größenwahnsinnigen Phantasien, von denen er lebt.

»Was bist du von Beruf?«, fragt Jean.

»Schriftsteller«, sage ich. »Vielleicht schreibe ich mal ein Buch über Sulawesi und diesen ganzen Irrsinn hier, in diesem Buch wirst du jedenfalls auch vorkommen.«[*]

»Schriftsteller sagtest du?«

»Ja, warum nicht?«

»Genau, was ich brauche«, sagt Jean. »Ich habe einen Roman geschrieben über meine Soldatenerlebnisse in Vietnam. Zwanzig Verlage haben das Manuskript bereits abgelehnt. In Frankreich ist da kein Markt, aber in Deutschland ...«

»Das Interesse an Kriegsromanen«, sage ich, »hat auch in Deutschland spürbar nachgelassen.«

»Nein, nein«, sagt er, »weniger als in Frankreich. Es handelt sich um eine ganz subjektive Schilderung, zum Schluß erzähle ich, wie ich in Paris meine Frau ermorden wollte.«

»Wie bitte?!«, sagt Jeans Frau.

»Nicht dich, Schatz«, beruhigt Jean, »meine erste Frau.«

»Aber davon hast du mir ja nie etwas erzählt.«

»Ich hatte die Pistole in der Tasche, ging durch Paris und war fest entschlossen, meine Frau zu erschießen.«

»Aber das ist ja schrecklich, Liebling«, sagt Jeans Frau.

»Da kam ich an einer Haustür vorbei«, fährt Jean fort, »auf der ein großes Schild prangte: ›Dr. Dupont, Psychiater. 1. Etage.‹ Ich ging in die erste Etage, der Psychiater sah mich und ließ mich sofort einweisen. Seitdem glaube ich an den sechsten Sinn, an übernatürliche Fähigkeiten.«

»Wieso?«

---

[*]) Siehe: Michael Schulte: »Bambus, Coca-Cola, Bambus. Von einer Reise nach Celebes«, München 1982.

»Ja, wieso, Liebling?«

»Weil ich ganz locker und lässig die Praxis betreten habe, als sei mit mir überhaupt nichts los. Der Arzt sieht mich und alarmiert einen Krankenwagen.«

»Jean«, sage ich, »du hattest blutunterlaufene Augen und Schaum vor den Lippen, darum hat dich der Arzt einweisen lassen.«

»Nein«, sagt Jean, »ich war ganz normal, ich habe heiter und ausgeglichen gewirkt.«

»Und warum wolltest du deine Frau umbringen?«, fragt Jeans Frau.

»Weil mich die alte Drecksau in den Knast bringen wollte. Sie wußte, daß in meiner Schreibtischschublade meine Pistole aus Vietnam lag. Sie rief die Bullen an, ließ die Pistole beschlagnahmen und mich verhaften. Was diese Scheißnutte aber nicht wußte – ich besaß die Pistole ganz legal. Die behördliche Erlaubnis hatte ich in meiner Brieftasche. Ich leg den Wisch im Revier vor, die Bullen standen einigermaßen belämmert da, entschuldigten sich, händigten mir die Pistole aus und ließen mich laufen. Nur eines hatten sie übersehen – die Pistole war geladen. Ich steckte die Pistole in die Manteltasche und begab mich auf den Heimweg. Ich wußte, daß meine Frau zu Hause war, ich wollte sie erschießen.«

»Aber das ist ja schrecklich«, sagt Jeans Frau. »Warum hast du mir das nie erzählt, Liebling?«

»Dann kam ich am Haus dieses Psychiaters vorbei«, sagt Jean, »und seitdem glaube ich an den sechsten Sinn.«

»Das ist schon fast unheimlich«, sagt Jeans Frau. »Diesem Psychiater verdankt deine erste Frau ihr Leben.«

»Leider. Ich hätte sie ermorden sollen, diese Sau. Dann wär' mir jetzt wohler.«

»Im Zuchthaus«, sage ich.

»Ja, im Zuchthaus, meinetwegen im Zuchthaus«, sagt Jean, »dafür aber hätte ich diese dreckige Verräterin ermordet.«

Ich bestelle eine Runde Bier. Ein wenig Bier würde Jean nach seiner Haßtirade beruhigen. Er rührt das Bier nicht an. Er sitzt stumpf und brütend da. Nach einer Ewigkeit von drei Minuten sagt er: »Ich hätte sie umbringen sollen.«

»Ich weiß, daß du das nicht ernst meinst, Liebling«, sagt Jeans Frau.

Ich wußte, daß er es ernst gemeint hatte. Und noch mehr als der geplante Mord verstörte mich in meinem Hotelbett, kurz vor dem Einschlafen, daß ich diesen Jean, ich wußte nicht recht warum, daß ich diesen Jean recht sympathisch fand. Er war ein Schwachkopf und Reaktionär, aber er war so verrückt, daß ich nicht umhin konnte, ihn zu mögen, diesen Meisterfotografen und Starreporter, der nie eine Aufnahme machte und nie eine Zeile schrieb. Diesen Jean mochte ich, aber seine Frau bewunderte ich, die noch zu ihrem Mann hielt, als sie in einer Kneipe auf Sulawesi erfuhr, daß sie mit einem potentiellen Mörder verheiratet war.

II

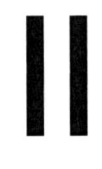

Bisbee

Wie einige Leute nach Bisbee kamen

Ich lebe in Bisbee, einer kleinen, ehemaligen Bergwerksstadt im Süden Arizonas, nur ein paar Kilometer von der mexikanischen Grenze entfernt. Die Türkis- und Kupferminen wurden stillgelegt, und die einst bedeutendste und wohlhabendste Stadt zwischen New Orleans und San Francisco drohte zu verkommen. Da wurde Bisbee mit seiner vielfältigen, europäisch anmutenden Architektur, seinen niedrigen Lebenshaltungskosten und seinem rund um's Jahr sonnigen, warmen Klima gerade rechtzeitig von den Hippies entdeckt. Heute ist Bisbee ein Städtchen, in dem Mexikaner, Anglos, Europäer, ein paar Schwarze, ein paar Indianer, in dem Maler, Arbeiter, Schriftsteller, Cowboys, Gammler, Häusermakler, Wahrsager, Bauunternehmer, Musiker, Laienschauspieler, Pensionäre, Exorzisten, Soldaten, Erfinder, Straßenzauberer, Architekten, Damenringkämpferinnen, Handwerker, Wunderheiler, Museumsdirektoren und Juristen, in dem Christen, Atheisten, Buddhisten und Mitglieder der absonderlichsten Sekten friedlich und freundlich miteinander leben. Und sie alle schreiben Lyrik. Bisbee ist wohl die lyrikbesessenste Gemeinde der Welt, wovon nicht nur das alljährliche internationale Lyrikfestival Zeugnis ablegt. Es vergeht keine Woche, in der nicht in irgendeiner Kneipe, in irgendeinem Café, in der Schule, im College oder in einem Privatheim eine Lyriklesung stattfindet. Gedichte werden fotokopiert, hektographiert, in Zeitungen und Magazinen veröffentlicht, werden vorgelesen, eingesandt, kritisiert, diskutiert, zurückgezogen, umgearbeitet, in Anthologien, in Klein- und Selbstverlagen publiziert, Sonette, Balladen, Zweizeiler, Vierzeiler, Gereimtes und Ungereimtes, mit geradezu manischer Besessenheit wird hier Lyrik produziert und auf den aus allen Nähten platzenden Markt geworfen.

Wer in Bisbee nicht geboren wurde, wer später aus scheinbar freien Stücken hierherzog, ist gewöhnlich davon überzeugt, daß höhere Mächte am Walten waren, daß in einem obskuren Jenseits Schicksalsfäden geknüpft wurden, die dem Umsiedler und Neubürger im Grunde keine andere Wahl ließen, als seine Zelte in Bisbee aufzuschlagen. Seiner Bestimmung kann man nicht entrinnen, selbst wenn man eigentlich lieber in Kalifornien oder New York oder Irland leben würde.

Tatsache ist, daß Durchreisenden in Bisbee auffällig oft das Auto verreckt. Man kommt an, will sich kurz umsehen, schlendert die schmucke Hauptstraße mit ihren historischen Fassaden ein paarmal auf und ab, kehrt zum Parkplatz zurück, setzt sich wieder in sein Auto, aber das Auto springt nicht an. Das wird man gleich haben, man öffnet die Motorhaube und schreitet zur Tat. Man reinigt die Kontakte, wechselt die Zündkerzen aus, beseitigt alle erdenklichen Übel und Fehlerquellen, das Auto rührt sich nicht. Zeit, meinen Freund Jack, Inhaber Bisbees einziger Autowerkstatt zu verständigen. Jack nimmt sich des Problems an, verspricht Abhilfe, aber ein bis zwei Tage könne das schon dauern. Der Tourist, ihm bleibt nichts anderes übrig, mietet sich in einem Hotel ein, durchstreift anderntags zum Zeitvertreib dieses merkwürdige Minenstädtchen, dessen Zauber er bald erliegt. Gerät er dann noch in die Fänge von Mrs. Snyder, ist es gewöhnlich um ihn geschehen.

Mrs. Snyder ist erst vor zehn Jahren mehr oder minder zufällig in Bisbee eingetroffen und hängengeblieben. Nein, keineswegs zufällig, die Vorsehung selbst hat sie in die Wüste Südarizonas gelenkt. Sie mietete sich in dem damals einzigen Motel am Ort ein und wurde um circa 3 Uhr nachts erleuchtet. Kerzengerade saß sie im Bett und hörte eine Stimme unergründlicher Herkunft. Die Stimme stellte sich als ihr Ehemann aus verflossener Zeit vor, da sie auf der legendären Insel Atlantis in glücklicher Eintracht gelebt hatten. Mrs. Snyder konnte sich nur noch schwach erinnern –

jedenfalls, fuhr die Stimme fort, dieses Städtchen Bisbee gleiche in Architektur, Umgebung, Kultur und gesellschaftlicher Struktur diesem Atlantis nur deswegen so augenfällig, da sich in Bisbee die wiedergeborenen Seelen der versunkenen Insel demnächst und in wachsender Zahl einfinden werden. Und ihr, Mrs. Snyder, der einstmals angesehenen Inselbürgerin, werde hiermit die Aufgabe zuteil, jene Wiedergeburten fürsorglich um sich zu scharen.

Eine spiritistische Sitzung kostet 20 Dollar. Dann fällt Mrs. Snyder in Trance, und der transzendentale Gatte meldet sich wenig später, um in gebrochenem, röhrendem Englisch dem Kunden mitzuteilen, ob er schon mal jenes Eiland bewohnt hat, um das wir nur aus Platons Schriften und von Mrs. Snyder wissen.

Nachdem Mrs. Snyder ein Haus in Bisbee gekauft und eingerichtet hatte, machte sie erst mal Urlaub in Venezuela. In ihrem Hotel weilte ein Geschäftsmann aus den USA, Vizepräsident einer Weltfirma, randvoller Terminkalender, Jahresgehalt eine halbe Million Dollar. An einem Sonntagnachmittag lernte man sich zur Cocktailstunde in der Hotelbar kennen. Ob der Vizepräsident schon mal etwas von Bisbee, Arizona, gehört habe? Nein, dieser Ortsname sei ihm noch nicht untergekommen. Und Mrs. Snyder erzählte die seltsame Geschichte ihrer Erleuchtung und von dem unverhofften Wiederhören mit ihrem Urzeitgemahl. Das sei interessant, meinte der Vizepräsident, der sich schließlich zu einer spiritistischen Sitzung in seiner Suite überreden ließ. Und in der Tat, kaum war die Verbindung zum Jenseits hergestellt, als sich der redselige Witwer vernehmen und keinen Zweifel daran ließ, daß der Vizepräsident bereits ein Erdendasein auf der Insel Atlantis absolviert habe. Überdies empfehle er dem Vizepräsidenten, auf der Stelle zu kündigen, nach Bisbee zu ziehen und Mrs. Snyder zu ehelichen.

Niemand darf es dem erfolgreichen Geschäftsmann verübeln, wenn er zunächst ein wenig zögerte, dem Ratschlag aus der Ewigkeit zu folgen. Aber Mrs. Snyder ist nicht nur als Medium begabt, sondern auch eine glänzende Überredungskünstlerin. Um eine lange Geschichte kurz zu machen – der vormalige Vizepräsident hat Mrs. Snyder zum Altar geführt, lebt seitdem in Bisbee, wo er seine Tage stieren Auges vor dem Fernseher verbringt, einen Terminkalender braucht er nicht mehr.

Weder finsteren Mächten noch einem schadhaften Auto ist es zu verdanken, daß John bereits seit 8 Jahren überzeugter Bürger Bisbees ist. John stammt aus New York und kannte nur ein Lebensziel – ins Guinnessbuch der Rekorde aufgenommen zu werden. Doch welchen Rekord sollte er brechen oder aufstellen? Da sah er eines Tages im Central Park einen Gaukler, der Kunststücke auf einem einrädigen Fahrrad vorführte. John kam sich wie der Apostel Paulus vor Damaskus vor. Das war es, das war *die* Idee. Er würde als erster die Vereinigten Staaten von der Ost- zur Westküste auf einem Einrad durchqueren. Ein Unternehmen, das er bald in Angriff nahm, das in Bisbee aber sein jähes Ende fand. Er war bereits eine halbe Meile an Bisbee vorbeigeradelt, als er beschloß, sich dieses Städtchen ein wenig genauer anzusehen. Er kehrte also um, fuhr in Bisbee ein und ging ein Bier in St. Elmo's trinken, einer Bar, die auf eine ebenso lange wie rauhe Tradition zurückblickt. Dort gewann er schnell Freunde, die ihn erfolgreich überzeugten, daß er erst mal ausspannen, seinen Weltrekord um ein paar Tage verschieben solle. Anderntags kaufte John für 450 Dollar eine Bergarbeiterhütte, in der er noch heute lebt. Das Einrad verdarb und landete irgendwann auf dem Sperrmüll.

Und Bill hatte eine Buchhandlung in Monterey, Kalifornien, kam durch Bisbee und bat seinen Partner telefonisch, ihn auszukaufen, und Norman hatte gerade seine Traumvilla in Phoenix gebaut, kam durch Bisbee und bat einen Makler telefonisch, das Haus in sein betörendes Angebot aufzunehmen, und Ian kam nach Bisbee, weil ihm in Ohio die Heilige Jungfrau Maria erschienen war und ihm befohlen hatte, unverzüglich in die Nähe der mexikanischen Grenze zu ziehen, und Demian zog nach Bisbee, weil man ihn hier in allen Geschäften und Restaurants bedient, obwohl er immer barfuß ist, denn Demian weigert sich Schuhe zu tragen, da im Neuen Testament Schuhe nicht erwähnt werden, nicht einmal Sandalen oder Socken. Und Doris und ich kamen durch Bisbee, nahmen unser Mittagessen in einem Terrassenlokal ein, blickten von der Terrasse auf ein altes, palastähnliches Gebäude mit Turm und Turmuhr, deren Zifferblatt das Bild einer riesigen Mickymaus zierte. Wir sahen uns an und nickten.

Die Dirty Brothers

Die Dirty Brothers gehören zu Bisbee wie der Grand Canyon zu Arizona – mit diesem haben sie gemein, daß sie von Anfang an da waren und als Sehenswürdigkeit gelten. Bisbee hat 2 Museen, doch sind sich Kenner des Städtchens einig, daß das dritte und instruktivste Museum der Kaufladen der Brothers ist. Dieses Geschäft beherbergt in leicht verrottetem Zustand noch sämtliche Konsumgüter, die zwischen 1910 und 1950 in Bisbee erhältlich gewesen waren. Danach wurde nicht mehr aufgestockt, zumal ein plötzlich dramatischer Kundenrückgang keine Lücken mehr in die Regale riß, die Bestände unangetastet blieben und bald in einem Maße die gewohnte Umwelt der beiden Brüder bildeten, daß diese fast fürchteten, etwas zu verkaufen, denn im Lauf der Dezennien war ihnen jedes Glas Honig, jede Dose Ölsardinen aus der guten alten Zeit ans Herz gewachsen. Die Gefahr, daß auch nur ein Stück in diesem Laden den Besitzer wechselt, ist schon seit langem gebannt. Die Waren altern stumpfsinnig vor sich hin, denn, wie gesagt, dieses Geschäft betritt man nicht, um etwas zu kaufen, sondern um sich zu informieren, was es in Bisbee früher so alles gegeben hat.

Falls Lebensmittel und Getränke ein Gefühlsleben haben, wie uns das manche Kunstmärchen und Kinderbücher suggerieren, falls sie Angst haben, von den Menschen verzehrt zu werden – im Laden der Dirty Brothers haben sie nichts zu fürchten, hier sind sie sicher in einem Tempel der Unsterblichkeit. Doch selbst an stabiler Nahrung geht der Zahn der Zeit nicht spurlos vorüber. Am besten hat es der Wein, der sich entweder zu einem kostbaren, begehrten Tropfen oder zu Essig wandelt. Obst und Frischgemüse sind extrem kurzlebig, welken, schrumpfen, faulen, lösen sich auf und werden später eins mit der Holzkrippe, in der sie feilgeboten wurden. Käse fängt nach einer gewissen Zeit zu stinken an, als wolle er gegen seine Vernachlässigung protestieren, dann gibt er auf, verfärbt, verkrustet sich, sargt sich ein und strebt einen Zustand der Versteinerung an. Und die Würste, die jugoslawischen Salamis, die deutschen Knack- und Bratwürste, die mexikanischen Knoblauchwürste, die Wiener, Frankfurter, Lyoner, die Kabanossis, Landjäger und Polnischen spinnen sich in Schimmel, sagen der Welt gute Nacht und sehen höchst unappetitlich aus. Die Schilder auf den Marmeladengläsern, Gurkentöpfen, Ölflaschen und Konserven sind neu wie am ersten Tag, da sie eine dicke Staubschicht vor jeglicher Lichteinwirkung schützt. Das werden einmal begehrte Sammlerobjekte sein, denn mit den Dirty Brothers wird auch ihr Laden dahingehen, im Moment noch unvorstellbar, da die Inhaber irgendwann aufgehört haben zu altern, zeitlos im Schimmel, Schmutz und Staub erstarrt sind wie die Waren, die sie umgeben.

Früher, sehr viel früher, war der Midtown Market Bisbees führendes Delikatessengeschäft gewesen. Eine Pionierswitwe, deren Mann tödlich in den Minen verunglückt war, hatte das Geschäft gegründet und aufgebaut. In der blühenden Stadt eine Marktlücke ausmachend, bot sie Lebensmittel an, die nirgendwo im Umkreis von 300 Meilen erhältlich waren: Camembert, Leberpastete, Schweizerkäse, Oliven, italienischen Tafelwein, Kokosnüsse, frische Datteln. Weiß der Himmel, wo sie das Zeug herhatte. Die Bevölkerung, gewöhnt an Kürbisse, Zwiebeln und Bohnen, reagierte zögernd, doch die wohlhabende Oberschicht belohnte ihren Weitblick; kein gesellschaftliches Ereignis in den feineren Kreisen, das sie nicht gastronomisch zu betreuen gehabt hätte!

Dann traf sie der Schlag und sie war gelähmt. Fortan verbrachte sie ihre Tage auf der Terrasse ihres Hauses, in einem Ohrensessel sitzend. Die beiden Söhne übernahmen das Geschäft und wenn sie abends nachhause kamen, trugen sie den Sessel mit der Mutter ins Schlafzimmer und legten die alte Dame zu Bett. Am nächsten Morgen wuchteten sie die Mutter wieder in den Sessel und transportierten sie auf die Terrasse und gingen runter zur Arizona Street und öffneten den Laden.

Von der Terrasse aus konnte die Mutter die Straße und einen Teil der Nachbarschaft gut überblicken, so daß es ihr nie langweilig wurde. Und wenn nichts los war, tagträumte sie sich in die Vergangenheit zurück. Ihr Leben war weder abwechslungsreich noch abenteuerlich, aber auch nicht langweilig gewesen. Sie war Zeugin der dramatischen Entwicklung Bisbees, sie hat erlebt, wie aus einer Ansammlung weniger Holzhütten binnen einiger Jahre eine gesegnete, wohlhabende Stadt wurde, wie die ersten Saloons und Kaufhäuser und Banken öffneten, wie andere Prachtbauten fast über Nacht entstanden, dann gab es sogar einen Bahnhof und das Postamt zog von einer Bretterbude in ein dreistöckiges Gebäude mit verzierter Fassade um. Wenig später wurde das Theater eingeweiht, nun war an jedem Samstagabend die Hölle los, niemand wollte die berühmten Soubretten und Akrobaten und Zauberer versäumen, die von so weit wie von New Orleans oder San Francisco oder gar New York herkamen. Doch schon damals war Bisbee jenes exzentrische und leicht verluderte Städtchen, das es heute noch ist. Gut kann sie sich des Tages erinnern, da der Gemeinderat beschlossen hatte, endlich die Hauptstraße asphaltieren zu lassen. Und als die Arbeiter den Schlamm wegräumten, stellte sich heraus, daß sie bereits gepflastert war.

Lange hat es gedauert, ehe man sich auf einen Namen für die rasch wachsende Siedlung einigen konnte. Die Bevölkerung war aufgerufen, Vorschläge zu unterbreiten, und jeder, der etwas auf sich hielt, wurde schöpferisch tätig, ent- und verwarf Namen für seine neue Heimat. Es war ein beliebtes Spiel an den zahlreichen Stammtischen, im Familienkreis beim Abendessen, sogar die Schulkinder waren aufgefordert, ihre Spatzenhirne anzustrengen. Und am Sonntagmorgen nach dem Gottesdienst stand die Gemeinde länger als üblich vor der Kirche, allzuviele mögliche

Ortsnamen wollten ausgetauscht, diskutiert, kritisiert, geändert und verbessert werden. Ein kollektives Brainstorming zeitigte eine geradezu beängstigende Kreativität, bald konnte man sich im Rathaus der Flut an Wortschöpfungen und Vorschlägen kaum noch erwehren: Turquoise City, Copper Pit, Lucky Ditch, Blessed Rocks, Jesusville, Silvertropolis, Paradise Limited, Sloppy Valley, New Old Rattlesnake, Easy Fortune, Washington V. D., etc. Als die Vorschlagsflut ihren Höhepunkt erreicht hatte, wurde dem Bürgermeister ein Brief zugestellt, dessen Inhalt zu den schönsten Hoffnungen berechtigte. Der Brief stammte von einem gewissen Mr. Bisbee aus Kalifornien, Selfmademan und mehrfacher Millionär, wenn man seinen Worten Glauben schenken durfte.

Dieser Mr. Bisbee war schottischer Herkunft und an seinem 12. Geburtstag von zu Hause abgehauen. Nach einer mehrwöchigen Wanderung hatte er halbverhungert die Hafenstadt Liverpool erreicht, wo es ihm gelang, sich als blinder Passagier auf ein Schiff zu stehlen, dessen Ziel die Neue Welt war. Wie er die strengen Kontrollen auf Ellis Island bestand, ist unbekannt, jedenfalls durfte er an Land gehen. In New York schlief er zunächst auf Parkbänken, schlug sich als Tellerwäscher durch, brachte es als Taschendieb zu bescheidener Fertigkeit und schloß sich bald einem glücksuchenden Ehepaar an, das seine Zukunft in den Goldadern Kaliforniens sah. Obgleich von beschränkter Intelligenz, war Mr. Bisbee nicht so dumm, eine Karriere als Goldgräber auch nur zu erwägen. Vielmehr sah er seine Chance darin, den Goldgräbern ihren Reichtum sofort wieder aus der Nase zu ziehen, weswegen er nicht lange zögerte, ein Spielcasino, einen Puff und ein Bankhaus zu eröffnen, nachdem er durchschaut hatte, daß alle drei Institutionen nach dem gleichen Geschäftsprinzip zu führen waren. So brachte er es in erstaunlich kurzer Zeit zum Millionär, und nachdem die Goldgräber nach Alaska gezogen waren, sah er sich nach neuen Investitionsmöglichkeiten um. Da erzählte ihm jemand von dieser Entdeckung im Süden Arizonas, ein Gebirge aus Türkis und Kupfer sei da gefunden worden, am besten man schlage schnell und beherzt zu. Mr. Bisbee forderte Marktanalysen an, die ihm postwendend zugestellt wurden, Dokumente eines unerschütterlichen Optimismus. Immer umfangreicher wurden Mr. Bisbees Briefe aus Kalifornien, immer gewaltiger die Summen, die zu investieren er versprach.

Dann endlich traf das langersehnte Schreiben ein, in dem der Multimillionär den Tag seiner Ankunft in der florierenden Minenstadt vermeldete. Er werde am 14. Juli 1901 mit dem Mittagszug eintreffen. Diese Nachricht traf den Gemeinderat wie ein Keulenschlag, und man rief in aller Eile ein Komitee ins Leben, dessen einzige Aufgabe darin bestand, dem kalifornischen Wohltäter einen würdigen Empfang zu bereiten. Der alles entscheidende erste Eindruck wollte sorgfältig geplant sein. Vorsitzende des Komitees war eine gewisse Amanda Schultz, eine energiegeladene und engagierte Matrone. Amanda Schultz setzte während der ersten Sitzung des Komitees zwei Schwerpunkte: ein roter Teppich und endlich einen Namen für das Gemeinwesen. Was den zweiten Punkt betreffe, so seien in den letzten Monaten 1463 Vorschläge eingegangen, deren Mehrzahl zwar tauglich sei, aber in völliger Unkenntnis der psychischen Beschaffenheit Mr. Bisbees wisse man leider nicht, welcher Ortsname ihm zusagen würde, weswegen es sich empfehle, die Flucht nach vorne anzutreten und die Stadt nach ihm, dem Gönner und Philantropen zu benennen. Die Damen und Herren des Komitees waren mit diesem Gedanken alles andere als einverstanden, Bisbee sei ein durchaus lächerlicher Name für eine Minensiedlung, lasse nichts von Frontiergeist und südwestlicher Unternehmungslust spüren. Gerade das, hielt Mrs. Schultz entgegen, unterstreiche das Einmalige des Ortes, schließlich schössen ringsum die Minenlager wie Pilze aus dem Boden, und niemand könne Mr. Bisbee daran hindern, etwa in Tombstone oder Clifton zu investieren. Benennne man aber diese Stadt hier nach ihm, sei er gewissermaßen moralisch verpflichtet, das Füllhorn seines Wohlstandes über diese Ortschaft zu kippen. Diese Argumentation überzeugte den Bürgermeister und den Gemeinderat. Man beauftragte einen künstlerisch talentierten Rancher mit der Gestaltung einer Urkunde, die die Taufe der Stadt mit viel Gold und Verzierungen und Siegeln und Seidenbändern dokumentieren sollte. Viel schwieriger als die Namensgebung erwies sich das Auftreiben eines roten Teppichs. Weder in Bisbee noch in den umliegenden Ortschaften war dieser Artikel zu bekommen. Der Postkutschenmeister versprach, nichts unversucht zu lassen, vielleicht könne er in Phoenix die begehrte Matte auftreiben?

Inzwischen bereitete der Bürgermeister seine Begrüßungsrede vor. Er ließ sich ein Stehpult zimmern, das er auf die Ausläufer des roten Teppichs zu postieren gedachte, um sein zweipfündiges Manuskript abzulesen, sobald der örtliche Gesangsverein verstummt war. Doch statt Mr. Bisbee kam am 14. Juli 1901 ein Telegramm, leider sei er gezwungen, seinen Besuch auf unbestimmte Zeit zu verschieben. Das war das letztemal, da man in Bisbee von Mr. Bisbee etwas gehört hatte.

Die Dirty Brothers warteten geduldig auf Kundschaft, Stunde um Stunde, Tag für Tag. Die Geschäfte gingen nicht schlecht, sie gingen überhaupt nicht. Vielleicht sollte man das Angebot erweitern? Was gab es in Bisbee nicht zu kaufen? Sie überlegten eine geschlagene Woche, doch fiel ihnen nichts ein. Dann fragten sie ihre Mutter.

»Tiere«, sagte die Mutter.

»Tiere? Jeder hat einen Hund oder eine Katze.«

»Fische, Papageien«, sagte die Mutter und sank in ihren gewohnten Dämmerzustand zurück.

Das war keine schlechte Idee. Die Dirty Brothers hängten am nächsten Tag das Schild ›In 10 Minuten zurück‹ in die Tür des Midtown Market und fuhren nach Tucson, um Aquarien und Fische und einen Papagei zu erwerben. Zwar entsprach das Halten und Feilbieten von Tieren in einer Lebensmittelhandlung nicht ganz den Bestimmungen der Gesundheitsbehörde, doch hatte diese den Midtown Market kurz vor dem Ausbruch des 2. Weltkrieges zum letztenmal in Augenschein genommen und eine 40 cm lange Liste mit Reklamationen hinterlassen, war dann aber nie wieder zurückgekommen.

Nun standen die Aquarien mit den Schlingpflanzen und den exotischen Zwergfischen auf der Kuchentheke, die auch den Käse beherbergte, und der Käfig mit dem Papagei stand genau zwischen der Eingangstür und dem Konservenregal. Jeden Nachmittag schauten ein paar Schulkinder auf dem Heimweg vorbei, um das tropische Getier zu betrachten. Dann kam der große Kälteeinbruch im Januar 1965, und da das Geschäft keine Heizung hat, war das Wasser in den Aquarien über Nacht gefroren, und als die Dirty Brothers am nächsten Morgen den Midtown Market öffneten, starrten ihnen die Fische entgegen wie in Polyesterharz eingegossen, und der Papagei lag auf dem Boden seines Käfigs, eisüberzogen, erstarrt.

Der Niedergang des Geschäfts sei nicht allein mangelndem Angebot zuzuschreiben, belehrte die Mutter ihre Söhne, sondern auch schlampiger oder nicht existierender PR-Arbeit. Sie, die Mutter, habe immer den Kontakt zur Kundschaft gepflegt, habe sich die langweiligsten Ehe- und Scheidungsgeschichten angehört, habe manchen Blumenstrauß an manches Krankenbett geschickt, sei auf Beerdigungen und zu Kindstaufen gegangen, kurz es reiche nicht, einfach hinter der Kasse zu sitzen und auf Kunden zu hoffen. Die Söhne sahen es ein, erst aber müsse man den strengen Winter abwarten.

Und es wurde März und es wurde April und die Tage wurden wieder warm und in der Wüste und den Gärten und Hinterhöfen und Blumenkästen fing es wieder zu blühen an, das Steppengras und die Weiden dufteten, die Agaven brachen auf und die Kakteen schmückten sich mit roten Kelchen. Nur die Nächte blieben klirrend kalt. Die Luft war blau, und man ließ die Fenster offen, um den Wintermief entweichen zu lassen. Und aus den Fenstern drangen Geräusche, die man im Winter nicht vernommen hatte; Mrs. Wilsons grausamen Klavierunterricht zum Beispiel und Wendys Kanarienvögel und Daves Bemühungen, ein weltberühmter Tenorsaxophonist zu werden. Und die Schreibmaschinen der Bisbee-Lyriker klapperten laut und hoffnungsfroh. Jeden Sommer wird der Große Lyrikpreis der Stadt Bisbee verliehen, und da heißt es, rechtzeitig mit der Produktion beginnen, obwohl jeder Teilnehmer nur ein Gedicht einsenden darf. Die Jury besteht aus dem Englischlehrer Mr. Doyle, der pensionierten Handarbeitslehrerin Nancy Watts aus Boston, die 1923 im Selbstverlag den Lyrikband Weeping Violets publiziert hatte, Frank Buttler, einem ehemaligen Schirmfabrikanten aus New York, der einmal in einem Seebad auf Long Island dem Librettisten Oscar Hammerstein begegnet war und Jim Rickley, einem 92-jährigen Analphabeten aus Texas, dem man die Einsendungen vorliest und den man in die Jury gewählt hat, da man der Ansicht ist, die moderne Lyrik dürfe die Verbindung zum einfachen Mann aus dem Volke nicht verlieren. Wenn die Jury Glück hat, werden nur 500 Gedichte eingesandt, doch meistens sind es mehr. Dr. Doyle, Mrs. Watts, Mr. Buttler und Mr. Rickley nehmen ihre Arbeit sehr ernst, lesen, prüfen und diskutieren jedes Gedicht. In den Wochen vor der Preisverleihung arbeiten sie manchmal von den frühen Morgen- bis in die späten Abendstunden. Diese Jury ist wohl die unbeliebteste Gruppe in ganz Bisbee. Da von den 500 Teilnehmern nur einer als Sieger hervorgeht, wird die Jury von den 499 Verlierern für inkompetent, korrupt und imbezil erklärt.

Die Dirty Brothers nahmen im Mai ihre PR-Tätigkeit auf, indem sie sich jeden Samstagabend rasierten und einen Bummel durch Bisbees Barszene absolvierten. Viel hatte sich in den letzten Jahrzehnten geändert, das stellten sie gleich am ersten Abend fest. Vor allem was die Musik betraf – wo früher schöne Country- und Hillbillylieder gesungen wurden, standen nun langhaarige

Teenager und produzierten Lärm auf Gitarren, die riesigen Lautsprechern angeschlossen waren. Nein, das war nicht mehr der alte Westen, wie sie ihn kannten. Dennoch tranken die Brothers an diesen Samstagen erstaunliche Mengen Bier und wenn sie im Morgengrauen nach Hause kamen, stellten sie regelmäßig fest, daß sie vergessen hatten, die Mutter von der Terrasse ins Haus zu tragen. Die Mutter schlief in ihrem Ohrensessel, vom Morgentau bis auf die Knochen durchnäßt, und wenn sie sie ins Schlafzimmer schleppten und in ihr Bett legten, hat das niemals ihren gesegneten Schlaf unterbrochen.

Vor ein paar Jahren ist die Mutter der Dirty Brothers zu Grabe getragen worden. Es war eine schlecht besuchte Beerdigung, da sie die Mehrzahl ihrer Kunden überlebt hatte. Mrs. Browning etwa, die immer verrückt nach griechischen Oliven gewesen war, oder Mrs. Schultz, die das Festessen für Mr. Bisbee bestellt und nie abgeholt hatte. Jim Rickley und Nancy Watts waren auf der Beerdigung und natürlich auch ihre beiden Söhne, die Dirty Brothers.

Der alte Mr. Barnes predigte lang und trostreich, und es störte kaum, daß er ein paar Lebensdaten der Verstorbenen mit denen ihrer kürzlich heimgegangenen Nachbarin verwechselte.

Nach der Beerdigung gingen die Dirty Brothers in ihren Laden, setzten sich hinter die Theke, öffneten eine Flasche Wein, Jahrgang 1923, und eine Dose Lachsaspik aus Seattle, Washington. Es war ein bescheidener, doch durchaus angemessener Leichenschmaus.

Gregory Peck

Die Katze und der Hund, beide älter als solche Viecher überhaupt werden können, sind gefüttert, und Mrs. Sanchez hat ebenfalls gefrühstückt. Sie stellt die Kaffeetasse auf das Telefontischchen und läßt sich in den Sessel sinken, vorsichtig, damit nicht wieder eine Sprungfeder kracht. Mrs. Sanchez zündet sich eine Zigarette an, bekommt einen Hustenanfall und spuckt aus. Mit dem krummen, leicht gichtbrüchigen Zeigefinger der rechten Hand wählt sie wie seit zweiundvierzig Jahren Helens Nummer. Helen hebt nach dem ersten Läuten ab.

    Bist du's Rosa?

    Yeah. Hab gerade gedacht, wenn ich im Lotto gewinne, kauf' ich mir so'n Apparat, wo man nur eine Taste drücken muß und schon hat man die Nummer, die man am häufigsten braucht.

    Ein Handy?

    Nicht ein Handy, bin ich denn verrückt? Treibt nur die Telefonrechnung hoch. Bill läuft jetzt mit sonem Ding rum, will sich wichtig tun, der Schnösel.

    Welcher Bill?

    Der Sohn von Mark. Mit seiner Bäckerei geht's auch bergab. Seit seine Frau nicht mehr lebt ... hat mir doch neulich ein Brot verkauft, an dem man sich die Zähne hätte ausbeißen können, muss übrigens unbedingt mal wieder zu Sam, mir die Zähne reparieren lassen, sonst geht's mir noch wie meiner Großmutter, musste sich mit dreiundsiebzig sämtliche Hauer ziehen lassen, aber ihr Alter weigerte sich, ihr ein Gebiss zu bezahlen von wegen der Kosten, lohnt sich nicht mehr, hat er gesagt, und was glaubst du, drei Wochen später hat er ins Gras gebissen, während sie den Rest ihrer Tage nur noch Breichen schlürfen konnte und mit vierundneunzig gestorben ist.

Da war meiner anders. Kaum hatte ich meine Zähne ein halbes Jahr draußen, legt er mir ein Päckchen untern Christbaum, so richtig schön verpackt in Geschenkpapier und mit goldener Schleife: Ich mach's auf und ich kann mein Glück kaum fassen – ein erstklassiges Gebiß vom Flohmarkt, tadellos erhalten und so gut wie neu. Trag's in die Küche, um es kurz unter den Wasserhahn zu halten, klemm's mir in die Schnute und paßt wie angegossen.

Sam liegt mir schon seit Jahren in den Ohren, soll mir die Dinger rausrupfen lassen, aber ich sag, Sam, sag ich, mal ganz abgesehen davon, daß ich mir Kunststoffzähne nicht leisten kann, was vom lieben Gott ist, ist vom lieben Gott, ob vereitert oder nicht und gegen die Natur kann keiner an.

Na, wenn ich da an das Holzbein von meinem Ollen denke, war gar nicht übel, hatte ja ein Raucherbein, immer Wasser drin und bedeckt mit Schwielen, hat sich die ganze Nacht gekratzt, bin fast wahnsinnig geworden, konnte wegen dem Gekratze nicht einschlafen und dann hamses abgesäbelt und ihm 'ne Prothese verpasst, lag dann immer neben dem Bett, hat mich aber weniger gestört als diese Tätowierung auf seiner Schulter, Alondra stand da mit so'ner blöden Kaktusverzierung, war 'ne Tussi von ihm, die dann mit einem Vertreter für Dreschmaschinen durchgebrannt ist, aber ich durfte mir immer beim Liebemachen diese Tätowierung ansehen, bis ich ihn gezwungen habe, mich nur noch von hinten zu nehmen.

Ist sowieso besser, von hinten gibt's weniger Kinder, das reinste Verhütungsmittel. Aber hat dieser Bill wirklich ein Handy?

Wenn ich's dir sage. Nicht das schwarze unterm Fingernagel, aber ein Handy. Hat noch nicht mal seinen letzten Gebrauchtwagen bezahlt, die Rostschüssel, die er Milton abgekauft hat, was heißt abgekauft, hat seine Winchester und die Hühner seiner Mutter in Zahlung gegeben und versprochen, jeden Ersten dreißig Dollar, aber geht mich schließlich nichts an, wenn bloß das Brot nicht so beschissen wäre, aber was will man machen, es gibt nur eine Bäckerei am Ort, Konkurrenz belebt das Geschäft, senkt die Preise und hebt die Qualität, haben wir schon in der Schule gelernt. Sonst hab ich nichts behalten, hätt's beinahe nicht geschafft, wenn der Direktor nicht scharf auf mich gewesen wär', konnte mir ohnehin egal sein, da der alte Ferguson mich als Wurstverkäuferin haben wollte, kann seitdem keine Wurst mehr essen, was die da alles reingetan haben, du hälst es nicht für möglich, Kartoffelschalen, Putzlumpen, tote Katzen, glaubt einem keiner, aber ich halt meinen Mund, bleib bei meinem Gemüsegarten, wenn mir die Gartenarbeit auch gewaltig stinkt, man rupft stundenlang Unkraut und hinterher sehen die Beete kein Stück anders aus, nur der Rücken tut einem weh, aber wenigstens ist das Zeug nicht gespritzt wie der Dreck beim Safeway, kostet ein Heidengeld und vergiftet einem das Blut.

Ich vertrag keine Kartoffeln mehr, weiß auch nicht, woran's liegt, wenn ich auch nur eine Kartoffel esse, hab' ich mindestens drei Tage Verstopfung. Sitz' stundenlang auf'm Klo, lern' den Observer auswendig, hast du das gelesen, Vincent will das Kino dichtmachen.

Hab so was läuten gehört. Lohnt sich nicht, zahlt nur noch drauf. Die paar mexikanischen Rotznasen, die noch ins Kino gehen, machen den Kohl nicht fett.

Ist doch selbst dran schuld, wer will sich denn den Schrott ansehen, den der zeigt? Seit Jahren red' ich schon auf ihn ein wie auf'ne kranke Kuh, daß er Filme mit Gregory Peck ins Programm nehmen soll.

Bei dem werd' ich auch schwach. Der best aussehende Schauspieler, den sie jemals hatten in Hollywood, nicht so'n Knoten wie dieser James Cagney.

Und anständig, ich sag' dir, Gergory Peck war immer anständig zu seinen Ehefrauen, keine Weibergeschichten, nichts. Hab' ich dir jemals mein Autogramm gezeigt?

Ist das was wert, ein Autogramm von dir?

Nicht mein Autogramm, mein Autogramm von Gregory Peck.

Du hast ein Autogramm von Gregory Peck?

Wenn ich's dir sage. Hab's in der Krabbelkiste vor Joans Buchhandlung gefunden. Wühl' da so rum und zieh' 'ne Schwarte über die schönsten Hollywoodskandale raus und was steht vorne drin? ›Meiner lieben Nele zu Weihnachten 1954 von ihrem Gregory Peck.‹ Hat seinen Namen sogar in Anführungszeichen gesetzt. Ich rein und frag Joan, was der Schmöker kostet, hatte 'ne Sauangst, daß sie das Ding durchblättert und das Autogramm sieht, aber sie guckt kaum hin und sagt, zwei Dollar. Ich geb' ihr die zwei Dollar und feg wie ein Tornado aus'm Laden.

Bist und bleibst ein Glückskind, Rosa. Was gibt's bei dir heut' zu Mittag?

Die restlichen Bohnen von gestern und vielleicht zwei Spiegeleier dazu.

Ich hab noch vier Pferdewürste hier, komm' doch rüber und bring deine Bohnen mit.

Ich eß' keine Würste mehr, seit ich beim alten Ferguson in der Lehre war, du glaubst ja gar nicht, was da alles drin ist ...

Aber das sind hundertprozentige Pferdefleischwürste, ich schwör's dir, hab sie nämlich von Gifford gekauft, ein paar Tage nachdem das Unglück passiert ist.

Unglück?

Sag bloß, du hast das nicht mitgekriegt. Reitet aus, der Gifford, und freut sich seiner blühenden Felder, denkt an nichts Schlechtes, da bricht ihm der Gaul unterm Arsch zusammen, ist mausetot und Gifford kommt so unglücklich unter dem Vieh zu liegen, daß er den halben Vormittag drunter eingeklemmt ist und kaum noch Luft bekommt. Wär' wohl verreckt, wenn Mary nicht zufällig vorbeigekommen wäre und ihn rausgezerrt hätte. Und wie durch ein Wunder hatte er sich nichts gebrochen, konnte gleich mithelfen, den Klepper zu Wurst zu verarbeiten.

Der Gifford sollte sich wirklich auf Landwirtschaft konzentrieren, voriges Jahr, weißt du noch, während des großen Gewitters im August ist ihm der Blitz in den Schweinestall gefahren und hat seine einzige Sau erschlagen.

Den einen prüft der Herr, dem anderen legt er das Glück in den Schoß, wie dir mit deinem Gergory-Peck-Autogramm.

Ich hab aber auch viel Pech gehabt im Leben. Und so gut wie unter Eisenhower wird's uns nicht mehr gehen.

Das sag' ich doch, die Ernten waren nie besser gewesen und in Bisbee gab's noch ein halbes Dutzend Briefträger. Hast du auch ein Autogramm von Eisenhower?

Nein, sagt Mrs. Sanchez, von Eisenhower hab ich kein Autogramm.

Draußen scheint die Sonne

Auch die Dirty Brothers vertreten die Ansicht, daß es dem Land nie besser als unter Eisenhower gegangen sei. Täglich haben sie Besuch von Kevin und Stan, zwei Nachbarn, mit denen sie schon die Schulbank gedrückt hatten. Weit im Leben haben sie es alle vier nicht gebracht. Kevin hatte sich nach seiner abgebrochenen Tischlerlehre als Goldgräber in North Dakota versucht, dann war er Straßenbauarbeiter in South Dakota, Erntehelfer in Iowa und Barmixer in Roswell, New Mexico, gewesen, doch nachdem drei Gästen nach dem Genuß seines Sheriff's Delight der Magen hatte ausgepumpt werden müssen, war er wieder nach Bisbee gezogen, um bei seiner Nichte und deren Ehemann, einem relativ wohlhabenden Bankangestellten zu leben. Ganz anders Stan, er hatte Bisbee nie verlassen und war, Folge einer angeborenen, dumpfen Seßhaftigkeit, Hausmeister jener Schule geworden, an der er nie einen Abschluß geschafft hatte. Und die Karriere der Dirty Brothers war durch das Vermächtnis des Midtown Market gleichsam vorgezeichnet gewesen. Nun sitzen die vier alten Männer Stunde um Stunde, Tag, Woche um Jahr in dem düsteren Viktualiengelaß und dröseln ihre autobiografischen Monologe ab. Eingesponnen in Lebensmittel, deren Verfallsdatum bereits während der Trumanadministration abgelaufen war, erzählen sie sich, unterstützt von kollektiv nachlassendem Gedächtnis, ihre immer gleichen Geschichten. Dabei trinken sie den Kaffee, den Stan in seiner Thermoskanne mit dem aufgestanzten Sonnenuntergang hinter Hawaii mitgebracht hat und essen Salamisandwiches, zubereitet von Kevins Nichte, der Preis sozusagen, ihren Onkel für mehrere Stunden täglich außer Haus zu wissen. Eine seltsamer Respekt vor Altertümern oder gesundes Mißtrauen vor den Beständen in den Regalen verbietet es den Männern, ihre Snacks aus der vorhandenen Ware des Midtown Markets zu komponieren. Wenn sie nicht essen oder trinken oder reden, sitzen sie stumm und bewegungslos auf ihren Stühlen neben der Kasse wie unsachgemäß aufgebahrte Mumien. Ein wenig Bewegung in das Gemümmel und Gebrabbel kommt nur, wenn es um Politik geht, um Eisenhower.

»Mal abgesehen davon, daß er anständiger war als alle Präsidenten vor oder nach ihm«, sagt Stan, »das Wetter war niemals besser in Arizona und die Autos haben auch länger gehalten.«

»That's right«, sagt der jüngere der Dirty Brothers, »wenn ich an meinen 52er-Chevy denke, in dem ich meinen Vater ins Altersheim gefahren habe. Der alte Herr hat sich gesträubt wie ein bockiges Pferd, aber schließlich hat er eingewilligt, nachdem wir ihm versprochen hatten, unterwegs bei jeder Kneipe anzuhalten, in der er jemals verkehrt hatte und einen zur Brust nehmen. Meine Mutter, die beiden Schwestern, mein Bruder und zwei Freundinnen waren auch noch dabei, paßten alle in den Chevy. Schön, wir hielten da und dort an, schluckten ein wenig und fuhren weiter. Was soll ich sagen, als wir im Altersheim ankamen, war Daddy so besoffen, daß sie sich geweigert haben, ihn anzunehmen und wir sind den ganzen Weg wieder zurückgefahren.«

»Und vier Tage später ist er gestorben«, sagt der ältere Dirty Brother, »mit einem Bier in der Hand. Seine letzten Worte waren: ›Auf der Flasche ist Pfand.‹ Aber den schönsten Tod hatte Tante Sandra, die Schwester unserer Mutter. Ihr ganzes Leben lang wollte sie mal in die Oper und als sie schon alt und ziemlich klapprig darniederlag, hat sich ihre Tochter, die gute Trixy, erbarmt und zwei Opernkarten in Santa Fe bestellt und ist mit ihr nach New Mexico gefahren. Und was glaubt ihr, keine zwei Sekunden nach der Ouverture sackt sie tot in ihrem Stuhl zusammen. Trixy hatte eine Stinkwut. ›Wenn sie wenigstens bis zum zweiten Akt durchgehalten hätte‹, hat sie immer wieder gesagt.«

»Aber zumindest hat sie noch die Ouverture gehört«, sagt Stan. »Mein Vater ist im Keller von dem umfallenden Weinregal zerquetscht worden, kein Mensch weiß, wie das passiert ist, jedenfalls war mindestens ein Dutzend Flaschen im Eimer, natürlich die teuersten aus dem Napa Valley.«

Die Gespräche werden auch nicht unterbrochen, wenn sich mal ein Kunde in den Midtown Market verirrt. Schließlich ist das Angebot nicht derart reichhaltig, daß es professioneller Hilfe bedarf, um zu ermitteln, ob die gewünschte Ware vorrätig ist. Erstaunlich sind nicht nur Alter und Beschaffenheit der Bestände, sondern auch deren Preise, die seit der Erfindung des Tonfilms nicht mehr angeglichen worden waren. Wo sonst in den Vereinigten Staaten kann man heutzutage eine Dose Thunfisch oder ein Glas Brombeerkonfitüre für 15 Cent kaufen? Noch unter Eisenhower waren die Preise stabil geblieben; dann hat dieser Kennedy die Inflationsrate erfunden und je mehr die Kosten stiegen, desto schneller ging's bergab mit der Nation.

»Und das Desaster in der Schweinebucht«, sagt der ältere Dirty Brother, »ich war im Zweiten Weltkrieg in Deutschland und verstehe was von Strategie. Man hätte diese Kubaner einkesseln müssen.«

»Einkesseln, genau«, sagt Kevin.

»Der Präsident muß nicht unbedingt ein guter Stratege sein«, sagt Stan, »aber er muß taugliche Generale haben.«

»Eisenhower war Präsident und General«, sagt der ältere Dirty Brother, »darum hätte er diesen Castro mitsamt seiner Bande weggefegt.«

Die anderen nicken beifällig. Dann versinken sie wieder in dösiges Schweigen.

»Ja, ja, so ist das«, sagt der jüngere Dirty Brother nach einer geraumen Weile.

Und am späten Nachmittag kommentiert Stan: »Was vorbei ist, ist vorbei.«

Draußen scheint die Sonne oder es regnet, was nur geringen Unterschied macht, in den Naturaliensarg dringt ohnehin kein Tageslicht. Langsam verstreicht die Zeit in Bisbee, doch im Midtown Market steht sie zuweilen still. Wäre Albert Einstein hier jemals gewesen, er hätte so manches überdenken müssen.

Eine Marktlücke

Der Observer sucht einen Käufer für seine alte Druckmaschine, um modernes Gerät anschaffen zu können. Larry Jenkins hatte, als er den Observer vor wenigen Jahren ins Leben rief und die Investitionskosten auf ein spartanisches Minimum zu halten gezwungen war, die alte Druckmaschine des Tombstone Epitaph Museum übernommen, ein ratterndes, bleispuckendes Instrument, allerdings von historischem Wert, war auf ihm doch, wie es hieß, die Nachricht über die Schießerei im O. K. Corral gedruckt worden. In Wirklichkeit war die Originaldruckmaschine bereits in den 30er-Jahren verschrottet und zur Eröffnung des Museums in den 60er-Jahren durch die Druckmaschine des pleitegegangenen Patagonia Weekly Mirror ersetzt worden. – Larry Jenkins hätte gerne gleich eine fortschrittliche Ausrüstung gekauft, aber wie gesagt, er mußte jeden Penny zweimal umdrehen, ehe er ihn ausgeben konnte. Schuld daran war sein Vater. Der hatte ihm eine Finanzspritze versprochen, würde er endlich mal was anpacken, das Aussicht hatte, seine Zukunft zu sichern. Er solle einen vernünftigen Vorschlag machen, dann ließe sich über das Startkapital reden. Larry, der das Kleinstadtleben liebt und schon immer dem Südwesten zugetan war, setzte sich in sein Auto, verließ das verhaßte San Francisco und machte sich auf die Suche nach einer Karriere. Sein Weg führte ihn nach Silverton, Colorado, einer kleinen, einer sehr kleinen Ortschaft in den Rocky Mountains. Die nächste nennenswerte Siedlung ist der Luftkurort Durango. Und zwischen Durango und Silverton verkehrt in den Sommermonaten mehrmals täglich eine kleine, ächzende Bimmelbahn, eine beliebte Touristenattraktion. Silverton besteht aus zwei Hauptstraßen, die durch vier oder fünf Querstraßen verbunden sind. Da ist die eigentliche Hauptstraße mit ihrem Hotel, dem Museum und ein paar Kaufläden, und da ist die Parallelstraße, die heute noch als schlechte Adresse gilt, da dort vor 100 Jahren die Bars und Puffs angesiedelt waren, in denen Halunken wie Bat Masterson und Doc Holliday ihr sündiges Unwesen getrieben hatten. Es war Juli, das Hotel war ausgebucht. Das Hotel war zu verkaufen. Larry sah seine Stunde gekommen und telegrafierte dem Vater: Silverton, Colorado Stop Einziges Hotel zu verkaufen Stop Glänzende Investitionsmöglichkeit Stop Larry. Der Vater machte sich auf die Reise und kam zwei Tage später an. Das Hotel war in der Tat nicht schlecht, es war in gutem Zustand und die Bar im Parterre mit dem legendären, aus London importierten Kirschholztresen war im Preis inbegriffen. Solchen Luxus hatte man sich vor einem guten halben Jahrhundert noch leisten können, als die Minen Silvertons ungezügelten Profit ausspuckten. Dem Vater fiel eine architektonische Eigenart in Silverton auf, die Larry entgangen war: die Häuser hatten nicht nur auf der Straßenebene Eingangstüren, sondern auch im ersten Stock. Was das wohl zu bedeuten habe? Die Antwort war schnell gefunden. Der Schnee liege im Winter so hoch, daß man, ehe der segensreiche Schneeräumer erfunden worden war, sich drei Meter über dem Asphalt fortbewegte und nur durch die obere Eingangstür in sein Haus gelangen konnte. Ob die Winter noch immer so streng seien?, wollte der Vater wissen. Allerdings, lautete die Antwort, sieben Monate währe der Winter in der Regel, manchmal etwas länger, und die Bimmelbahn aus Durango müsse ihren Verkehr einstellen, niemand käme mehr durch, nicht selten sei Silverton total eingeschneit, so total, daß die Bewohner von Hubschraubern der Armee vor dem sicheren Hungertod bewahrt werden müßten. Larrys Vater hätte allen Grund gehabt, wütend zu sein, aber er sagte nur: »Junge, wann wachst du auf?« Larry schämte sich und durchkreuzte weiter den Südwesten der USA. Er kam durch eine Unzahl von Klein- und Geisterstädten, die seine Phantasie entzündeten, eine mögliche Künstlerkolonie da, eine mögliche Alternativfarm dort, aber er traute sich nicht, seinen Vater wieder zu kontaktieren. Dann geriet er nach Bisbee, Arizona. Dieses Städtchen schien alle Vorzüge der bislang durchstreiften Ortschaften in sich zu vereinigen: ein warmes Klima zu allen Jahreszeiten, eine freundliche, tolerante Einwohnerschaft, eine bewegte Vergangenheit, eine landschaftlich reizvolle Umgebung.

Er mietete sich ein, ließ sich versuchsweise nieder. Nach ein paar Wochen wußte er: das Schicksal hatte ihm einen Hafen zugewiesen. Er wußte auch, wie er seine Zukunft gestalten wollte. Bisbee hatte eine Tageszeitung, die Daily Review, ein stockkonservatives Blatt, während die Mehrheit der Bevölkerung liberal war. Eine liberale, lokalorientierte Wochenzeitung, das war es, was Bisbee brauchte, eine nicht zu übersehende Marktlücke!

Diesmal telegrafierte er nicht nach Hause, sondern schrieb einen Brief von solcher Suggestionskraft, daß der Vater sich abermals ins Auto setzte und eine neue Reise antrat. Schreiben konnte der Junge, das mußte man ihm lassen, der Brief war Beweis genug. Wie gut Larry schreiben konnte, merkte er erst, als er in Bisbee einfuhr. Diese Ansammlung morscher Hütten und Verschläge, bewohnt von kalifornischen Clochards, sollte ein architektonisches Juwel im Süden Arizonas sein, besiedelt von einer internationalen, ungewöhnlich kreativen und zukunftsträchtigen Einwohnerschaft? Alles, was Mr. Jenkins ausmachen konnte, waren ein paar auf ihren Terrassen lungernde oder an Schrottautos bastelnde Hippies.

»Wieviel soll deine Zeitung kosten?«, fragte Mr. Jenkins seinen Sohn.

»25 Cent pro Exemplar«, sagte Larry.

»Die meisten Leute hier sehen nicht so aus, als ob sie sich das leisten könnten«, sagte Mr. Jenkins und begab sich anderntags wieder auf die Heimreise.

Das Geburtstagskind der Woche und 40 Klappstühle

Mrs. Nancy Browning schwört Stein und Bein, um die Jahrhundertwende Mr. Bisbees Bekanntschaft gemacht zu haben. Dieser sei einmal in der Stadt gewesen, die seinen Namen trug, um die Lokalitäten anonym in Augenschein zu nehmen. Anläßlich ihres 100. Geburtstages waren Mrs. Brownings Foto und ein Artikel im Observer erschienen. Zu ihren schönsten Erinnerungen zähle die Begegnung mit Mr. Bisbee. Er sei ein sehr schmucker Mann gewesen und habe über feine Tischmanieren verfügt.

Larry Jenkins, Verleger, Herausgeber, Chef vom Dienst, Drukker, Autor und einziger Reporter des Observer hatte viel Geduld und Zeit aufwenden müssen, um Mrs. Browning für den Geburtstagsartikel zu interviewen. Die Hundertjährige schwärmte nicht nur für Mr. Bisbee, sie war voller Erinnerungen die gute alte Zeit betreffend; Larry Jenkins hatte kaum seine erste Frage gestellt, als sie wie ein Wasserfall losprudelte, zahnlos und mümmelnd die Jahrzehnte abspulte, wobei die Vergangenheit besser als die Gegenwart wegkam. Früher sei mehr los gewesen in Bisbee, die Menschen seien fleißiger und anständiger gewesen, nichts gegen die Hippies und die anderen Neuankömmlinge, ganz bestimmt nicht, aber der alte Pioniergeist des Südwestens sei verschwunden. In den ersten Jahren sei es etwas langweiliger gewesen, doch dann habe das Theater aufgemacht und ein wenig später das Kino. Erst habe man nur blöde Stummfilmkomödien mit Charlie Chaplin und Buster Keaton gezeigt, und kaum jemand sei zu den Vorstellungen erschienen, dann aber wurden der Tofilm und John Wayne erfunden, und plötzlich klappte es. An manchen Abenden habe man sogar jede Menge Leute wieder nach Hause schicken müssen, so groß sei der Andrang gewesen. Sie selbst sei fast nie ins Kino oder Theater gegangen, da sie um halb 8 Uhr abends zu Bett gegangen und sofort eingeschlafen sei, kein Wunder, denn um 4 Uhr früh habe sie aufstehen müssen, um dem Mann das Frühstück zu bereiten, und dann die Kinder und die Wäsche und einkaufen gehen und kochen und der Abwasch und das Haus, jeden Abend sei der Mann mit seinen Dreckstiefeln von der Mine ins Haus gestapft und habe den Fußboden verschmutzt, den sie gerade ein paar Stunden früher auf ihren Knien geschrubbt und gescheuert hatte, und die Putzmittel damals waren nicht halb so gut wie die heutigen, dafür aber sehr viel billiger, überhaupt die Preise, man muß heute fast Millionär sein, um nicht zu verhungern, aber, mein Gott, der Mann war halt müde von der Arbeit, obwohl sie ihm tausendmal gesagt habe, er möge seine Stiefel aus- und die Filzpantoffeln anziehen, ehe er ins Haus trete.

Larry Jenkins, dem die Zeit auf den Fingernägeln brannte, verfluchte seine Idee, in jeder Nummer des Observer eine Spalte unter der Überschrift: Wir gratulieren dem ältesten Geburtstagskind der Woche zu veröffentlichen. Diese Spalte sollte ein guter Platzfüller sein, da es nicht einfach ist, eine 12-Seiten-Zeitung mit Lokalnachrichten vollzuschreiben, außerdem sollte die Geburtstagsspalte die ältere Generation ansprechen und zu einem Abonnement bewegen. Aber diese betagten Jubilare waren redseliger und zeitraubender als er vermutet hatte. Sie boten ihm Kaffee und Kuchen an, redeten ihm ein Loch in den Bauch, erzählten von ihren Kindern und Enkeln und Urenkeln, von John, der endlich einen Job als Hausmeister in New Jersey gefunden habe, von Sally, die sich scheiden lassen wolle, unbegreiflich, da ihr Mann für die Verwaltung arbeite, pensionsberechtigt und sehr anständig sei, von den Kindern mal ganz abgesehen ...

Und Larry saß in zerschlissenen Sofas und Ohrensesseln und hörte sich endlose Familiensagas an, 10 Minuten pro Interview hatte er geplant, doch ging es selten unter 4 Stunden ab. Sein Arbeitsplan geriet regelmäßig durcheinander, er versäumte wichtige Termine – eine Sitzung der Freiwilligen Feuerwehr, ein Treffen des Clubs universitätsgebildeter Pionierswitwen, oder gar eine Gemeinderatssitzung, deren einziger Punkt der Tagesordnung darin bestand, aus Mangel an Diskussionsstoff, die Tagesordnung für die nächste Sitzung festzulegen.

Die Geburtstagsrubrik erhielt überdurchschnittlich viel Leserpost, meist von älteren Mitbürgern, die der ein oder anderen Erinnerung des Geburtstagskindes einige schmückende Details zufügten oder um korrigierend einzugreifen, der Jubilar oder die Jubilarin bringe da einiges durcheinander, in Wirklichkeit habe es sich ein wenig anders verhalten. Nancy Brownings Ausführungen ließen gleich ein halbes Dutzend Leser zur Feder greifen: man habe allen Grund an der Geschichte mit Mr. Bisbee zu zweifeln, doch nachweisen ließe sich da freilich nichts, hingegen sei es Tatsache, daß 1. erst das Kino und dann das Theater aufgemacht habe, und 2. die Stummfilmkomödien mit Charlie Chaplin wesentlich erfolgreicher als die Cowboyfilme mit John Wayne gewesen seien. Sollte es vorgekommen sein, daß man wirklich mal ein paar Leute wegen Überfüllung habe nach Hause schicken müssen, besage das insofern nichts, da die John-Wayne-Filme 2 Tage und die Chaplin-Komödien 3 Wochen lang im Programm gewesen waren. Den Rekord mit 5 1/2 Wochen halte jedoch ›Vom Winde verweht‹. – Dieser Brief wurde im Observer veröffentlicht und provozierte gleich eine Korrektur der Korrektur: Der erfolgreichste Film sei nicht ›Vom Winde verweht‹ (5 1/2 Wochen), sondern Goldrausch (3 Wochen) gewesen, da der Chaplinfilm zweimal und das Bürgerkriegsepos nur einmal täglich gezeigt worden sei.

Das Kino gibt es noch heute, es heißt The Lyric Theater, aber das Geraune, es müsse bald wegen Unrentabilität die Tore schließen, will nicht verstummen. Vincent, der Besitzer, hat das Programm ganz auf seine treueste Kundschaft abgestimmt – die mexikanischen Teenager. Einmal hatte er eine Woody-Allen-Retrospektive versucht, der größte Reinfall seines Lebens, 25 Leute in einer Woche. Keine Experimente, lautet seitdem seine Devise, er geht auf Nummer sicher und wechselt ›Fuzzy greift durch‹ mit ›Rache am Silver Creek‹ ab.

Höchste Zeit, ein Alternativkino zu eröffnen. Der Buchhändler David Eschner schleppte seinen Fernseher in den Keller seines Geschäfts auf Brewery Gulch, kaufte ein gebrauchtes Videogerät und einen Truffautfilm. Mit seinem letzten Geld finanzierte er eine viertelseitige Anzeige im Observer:

The Underground Movie Theater
jeden Dienstag 20 Uhr
Europäisches Kunstfilm Festival
Eintritt $ 2.00

Er hatte vergessen, die Adresse anzugeben, außerdem waren die 40 Klappstühle aus Mexiko nicht geliefert worden, dennoch kamen ein paar Neugierige zur ersten Vorstellung. Sie mußten auf dem Boden sitzen, der eiskalt und feucht war, geeignet, das werte Publikum mit Schnupfen, Grippe, Blaseninfektion und Gallenentzündung zu strafen. Am folgenden Dienstag waren zwar die Stühle eingetroffen, nicht aber der neue Film, den er fernmündlich bei einem Großversand in Los Angeles bestellt hatte. Die Leute konnten jetzt etwas bequemer sitzen, mußten aber den Truffautfilm aus Mangel an Alternativen ein zweitesmal sehen. Es handle sich um ein Experiment, sagte David Eschner, man wolle nach der Vorstellung darüber diskutieren, wie der zweite Eindruck sich vom ersten unterschieden habe. Die Diskussion verlief ein wenig zäh, und Mrs. Blackburn sagte, für sie bestehe der einzige Unterschied darin, daß sie beim erstenmal beinahe und beim zweitenmal tatsächlich eingeschlafen sei. Das war das Ende des Underground Movie Theater, und David gab eine Kleinanzeige im Observer auf:
    40 mex. Klappstühle preisw. z. verk.

Nun hat Vincent wieder das Kinomonopol. Jeder hofft, daß er es schafft. Zuweilen kauft jemand eine Eintrittskarte, ohne sich den Film anzusehen – nur um Vincent und sein Lichtspielhaus zu unterstützen. »Danke«, sagt Vincent dann, »das ist wirklich nett von dir. Wenn es mehr Menschen wie dich gäbe, wäre die Welt ein besserer Platz.«

»Schon gut, Vince«, sagt der Mäzen, »halt die Ohren steif.«

Kurse

If you know how to do it you do it,
if you don't know how to do it you teach it.

Wenn alle Stricke reißen, wenn alle Versuche gescheitert sind, eine Anstellung als Verkäufer, Tankwart, Gerichtsschreiber, Gefängniswärter oder Kellner zu erringen, wenn Erfindungen keine Produzenten und Kunstwerke keine Käufer gefunden haben, wenn die Post im Briefkasten überwiegend aus zurückgesandten Drehbüchern besteht, wenn Strom- und Wasserversorgung gefährdet sind wegen ortsüblicher Saumseligkeit beim Begleichen der Rechnungen, dann versucht man, sich irgend einer Ausbildung zu erinnern, schließlich hat jeder Mensch in jungen Jahren mal etwas gelernt; und falls nicht, was ein Motiv gewesen sein mag, nach Bisbee zu ziehen, dann verfügt man zumindest über eine gottgeschenkte Fähigkeit, die einen von seinen Nachbarn unterscheidet, und diese Fähigkeit gilt es, in einträgliche Kanäle zu lenken.

Larry kann Glossen schreiben und hat mal in einer Druckerei gearbeitet, schon ist der Observer entstanden und ernährt seinen Mann; der Bär beherrscht die Kunst des Hypnotisierens und vermag für eine angemessene Spende, eines jeden persönliche Glückszahlen vorauszusagen, und wenn Mrs. Fiedler nicht eigenmächtig zwei Zahlen geändert hätte, wäre sie heute Dollarmillionärin, wie er versichert, was Mrs. Fiedler lebhaft bestreitet, sie habe alle Bärziffern in den Lottoschein eingetragen und immerhin vier Richtige gehabt, so daß sie das Honorar für die magische Prognose wieder einstreichen und sich noch einen Sixpack Cola habe kaufen können. Und denken wir doch nur an Mrs. Reutter, die kaum ein hartes Ei zu kochen imstande ist und jahrelang ein gastronomisches Unternehmen über die Klippen pekuniären Niedergangs gesteuert hatte.

Solche Beispiele machen Mut. Geht die Sonne hinter den Bergen auf, erwachen die Arbeits- und Bargeldlosen in ihren dösigen Betten und ehe sie das Kaffeewasser aufsetzen und die Hunde, Katzen, Zwergziegen und Wellensittiche füttern, überlegen sie ein wenig, wie sich ein paar Dollar verdienen ließen.

Helen hat, das ist wirklich lange her, während der Ferien in Florida gelernt, wie man Batiken herstellt; sie weiß zwar nur noch, daß Wachs geschmolzen wurde und es fürchterlich gestunken hat, doch die erforderlichen Fertigkeiten müssen nur durch Konzentrationsübungen ins Gedächtnis gefiltert werden, dann könnte sie einen Kurs geben, etwa im Keller des ehemaligen Nonnenwohnheims, das ohnehin leersteht. Laura hat Erfahrung in Sachen autarker Ernährung, das ganze Geheimnis ist, Jahr für Jahr das Zeug umzupflanzen, Kartoffeln, Tomaten, Zucchini vom linken ins rechte oder vom rechten ins mittlere Beet zu senken; schon lange war ihr aufgefallen, daß die lokalen Hobbygärtner die Naturalien ohne sachgemäße Waltung ins Kraut treiben ließen. Und Roger hat zwei Semester Architektur studiert und in seiner Garage und dem Hinterhof mindestens zwölftausend leere Bierdosen gestapelt, aus denen sich ein alternatives Haus bauen ließe. Man muß die Dosen nur mit Wasser füllen, das sich dann im Laufe des Sommers erwärmt und im Winter die Wärme abgibt, wenn man den entsprechenden Kurs bei Roger belegt, das Know-how bei ihm erwirbt; das Material ist zu einem guten Teil schon vorhanden. Gottlob hatte er nie, wie so viele andere Biertrinker, Joan gebeten, das Leergut mitzunehmen, wenn sie alljährlich im März und Oktober mit ihrem alten VW-Bus nach New York fährt. In New York nämlich gibt es für jede ausgetrunkene und unzerknüllte Bierdose fünf Cent Pfand, das sind für tausend Dosen, wenn man Joan die Hälfte des Erlöses für ihre Mühe überläßt, nicht weniger als fünfundzwanzig Dollar.

Man wird aktiv, setzt eine Annonce auf, die man im Co-Op oder in der Post auszuhängen beabsichtigt, falls Larry sich nicht überreden läßt, eine Kleinanzeige im Observer zu schalten, die man von den ersten Kursgebühren unverzüglich bezahlen wird. Zweifellos wäre man dann auch bald in der Lage, sein Blatt zu abonnieren.

Es gibt tatsächlich Anmeldungen, nur die Kursgebühren könne man erst dann entrichten, so das bedauernde Unisono, wenn die neu erworbenen Qualifikationen monetär ihren Niederschlag gefunden haben. Batiken sind jedoch schwer zu verkaufen in einer Gemeinde, deren Einwohnerschaft praktisch zu hundert Prozent aus Künstlern besteht, die verzweifelt nach Abnehmern ihres kreativen Wirkens sucht, und ein Bierdosenheim wirft erst Profit ab, wenn man einen wagemutigen Untermieter gefunden hat.

Nur Lauras Gartenkurs gelangte über das Stadium der Planung hinaus. Acht Personen meldeten sich an, bezahlten den geforderten Tribut, wenn auch nicht in voller Höhe, sondern mit dem Versprechen, den Rest in Form von bald prachtvoll sprießendem Frischgemüse zu begleichen. Jeden Dienstag neunzig Minuten Feld- und Ackerkunde in ihrem Wohnzimmer, so war es vorgesehen; doch nach der ersten halben Stunde des ersten Treffens hatte Laura ihr Pulver verschossen, wenn man so sagen darf, hatte sie das Füllhorn ihrer agronomischen Weisheit bis zur Neige geleert, hatte alles über Umpflanzung, behutsame Schädlingsbekämpfung und natürliches Düngen verraten, und wenn ihr nicht in höchster Not der altrömische Aphorismus ›Lernen heißt wiederholen‹ eingefallen wäre, was ihr den Vorwand lieferte, ihren Vortrag mit geringfügigen Varianten noch einmal zu halten, hätte die Sitzung ein zeitiges Ende gefunden. Laura schwitzte Blut und Wasser und begab sich anderntags in die Stadtbücherei, um Literatur zum Thema auszuleihen. Da diese Bücherei von dem ehemaligen Sheriff Don Bradley gestiftet worden war, ist sie mit Kriminalromanen reich bestückt, während die landwirtschaftliche

Abteilung lediglich die beiden Titel Gartenschnecken – Fluch oder Segen? Und Memoiren eines Tulpenzüchters aufweist. Laura beschloß, zur Beerdigung ihrer Tante nach Alabama reisen zu müssen, zahlte die Kursgebühren vorläufig zurück und verließ Bisbee für mehrere Wochen.

Man füttert die Haustiere und erwägt einen Umzug nach New Mexico oder Los Angeles. In diesem Bisbee klappt einfach nichts, man kann sich Mühe geben, wie man will; im Land der unbegrenzten Möglichkeiten bleibt Bisbee eine Stätte unglaublich begrenzter Möglichkeiten. Man hält sich vorerst an die Katzen, die den lieben langen Tag schnurrend in der Sonne liegen und auch noch nicht verhungert sind.

Kurse nehmen

In den Kreisen der gescheiterten Kursanbieter setzt sich eine neue Erkenntnis durch; es hilft nichts, vor Jahren oder Jahrzehnten erworbene Kenntnisse oder seine in die Wiege gelegten Fähigkeiten weiterzuvermitteln, heutzutage ist Spezialistentum gefragt. Keine Frage, universell gebildete Köpfe wie Benjamin Franklin sind ausgestorben, man kann sich nicht mehr um alles kümmern, der allgemeine Trend verlangt Fachidioten. Will man aber den Blick fürs Ganze nicht verlieren, wird man Künstler und zieht nach Bisbee. Nur leider hatten diese blöden Perser vor dreitausend Jahren das Geld erfunden, eine Idee, die von der ganzen Welt begeistert aufgegriffen worden war und nichts als Ärger über die Menschheit gebracht hat. Man kann sich hier im Süden Arizonas so manchem entziehen, aber nicht der Notwendigkeit, gelegentlich über ein wenig Geld zu verfügen. Man hat den Traum verwirklicht, ein Leben ohne Erwerbsleben zu führen, träumt aber nun von einem regelmäßigen Einkommen – nicht ganz einfach zu realisieren in einer Gemeinde, deren Arbeitslosenquote eigentlich ins Guinnessbuch der Rekorde gehört, da sie dem Prozentsatz der Berufstätigen im Rest der Nation entspricht. Dem Geist der Zeit kann man sich nicht gänzlich verschließen, man muß, will man bestehen, Spezialist sein.

    In den simpelsten, ödesten Gewerben machen sich mittlerweile die Spezialisten breit und verdrängen die eher global orientierten Talente. Man hat schon von Schreinern gehört, die nur noch Schubladen oder Sofafüße herstellen, von Astrologinnen, die ausschließlich Wassermännern zuverlässige Schicksalsprognosen zu erstellen imstande sind. Erstrebenswert ist aber allenfalls, sich auf einem derart speziellen Gebiet ein Spezialwissen zu erwerben, daß man mindestens im Umkreis von tausend Meilen, besser noch, in der gesamten westlichen Hemisphäre als der einzige und allein darum unumstrittene Experte gefeiert wird.

Roger ist der Pionier der neuen Tendenz. Er hat Laura und Helen in seine Hütte auf Brewery Gulch eingeladen, sie sitzen im Wohnzimmer und trinken Weißwein der Marke Gallo.

»Euch zu Ehren habe ich aufgeräumt und saubergemacht«, sagt Roger, »wie übrigens schon einmal vor zwei Jahren, als ich Wendys Wellensittich in Pflege hatte.«

»Wendy, die Texanerin?«, fragt Helen.

»Genau die«, sagt Roger. »Damals hat sie noch in South Bisbee gewohnt, und eines Tages hatte sie fünfhundert Dollar bei einem Preisausschreiben gewonnen. Von dem Geld wollte sie ein paar Wochen lang Mexico bereisen, aber wer würde in der Zeit auf ihren Wellensittich Goggo aufpassen? ›Kein Problem, Wendy‹, sag' ich, ›bring mir das Vieh und ein paar Tüten Vogelfutter, ich werde für ihn sorgen.‹ Also Wendy kommt vorbei, stellt den Käfig auf meine Kommode und fährt nach Mexico. Der Goggo konnte nicht nur sprechen, er sprach sogar, darauf war Wendy besonders stolz, mit texanischem Akzent. Wenn Wendy sagte, ›Goggo, good boy, ain't he my darling?‹, krächzte der Vogel ›good boy, darling‹ und zwar mit einer Aussprache, als sei er in Dallas aufgewachsen. Nun schön, einen Tag nach Wendys Abreise beschließe ich, ich weiß auch nicht mehr warum, mein Haus von Kopf bis Fuß zu reinigen. Ich reiße also alle Fenster auf, nehme den Staubsauger und fange hier in diesem Zimmer an. Ich sauge gerade den Teppich vor der Kommode, da fällt mir auf, daß die Käfigtür offensteht, hatte wohl vergessen, sie nach dem Füttern zu schließen. Der Käfig leer, weit und breit kein Goggo. Ich mach alle Fenster zu und begebe mich auf die Suche, sehe im ganzen Haus nach, unterm Bett, unterm Sofa, überall – kein Goggo, öffnete den Staubsauger, vielleicht hatte ich ihn ja versehentlich aufgesaugt, nichts. Was tun? Wendy nach ihrer Rückkehr die Wahrheit beichten? Unmöglich. Sie hätte mir nie verziehen. Also fuhr ich nach Tucson und kaufte einen Wellensittich, der so ähnlich wie der Goggo aussah. Man hat wirklich fast keinen Unterschied gesehen, nur dieser Ersatzgoggo sprach nicht. Zwei Wochen lang kniete ich vor dem Käfig und versuchte, ihm ein paar Wörter mit texanischem Akzent beizubringen, nicht einfach für mich, da ich aus Montana stamme. Aber das blöde Vieh dachte nicht daran, nur einen Piepser von sich zu geben. Wendy kam zurück, ich gab ihr den Käfig, versicherte, alles sei prima gelaufen, sie bedankte sich, schenkte mir ein Stück mexikanische Volkskunst und zog ab. Am nächsten Morgen war sie zurück. ›Was ist los? Was hast du meinem Goggo angetan? Er ist stumm geworden.‹ ›Wendy‹, sage ich, ›da gibt es nur eine Erklärung: der Goggo ist über dein langes Fortbleiben derart beleidigt, daß er nicht mehr mit dir spricht.‹ Sie hat das tatsächlich geschluckt und nie erfahren, daß ihr Goggo nicht ihr Goggo war.«

»Ich hatte auch mal ein Tier in Pflege«, sagt Laura, »und ob ihr es glaubt oder nicht ...«

»Moment«, unterbricht Helen, »es geht schon wieder los. Einer der Gründe, warum in Bisbee selbst die besten und vernünftigsten Projekte immer in der Planung steckenbleiben ist diese Sucht, Geschichten zu erzählen. Genau daran ist das Theaterprojekt gescheitert; jedesmal wenn sich das Gründungskomitee traf, wurden stundenlang Schauspieleranekdoten erzählt und dann ging man wieder auseinander. Versteh mich nicht falsch, Laura, ich möchte später gerne die Geschichte von dem Hund, den du in Pflege hattest ...«

»Es war eine Boa constrictor«, sagt Laura.

»Eine Boa constrictor?!«, rufen Roger und Helen gleichzeitig.

»Sie hat einem gewissen Mark Donahue gehört, der täglich von seiner Mutter aus Tombstone besucht wurde. Diese Besuche nervten ihn derart, daß er sich die Boa zulegte, weil die Mutter eine höllische Angst vor Schlangen hatte. Er mochte Schlangen zwar auch nicht, aber immer noch besser eine Boa im Haus als die Mutter. Dann hatte er einen Motorradunfall und mußte für lange Zeit ins Krankenhaus. Ich habe die Schlange in ihrem riesigen Glaskasten in Pension genommen, und eines Tages war sie verschwunden, genau wie dein Goggo, Roger. Ich geriet in Panik, vielleicht ist sie zum Spielplatz und hat schon den halben Nachwuchs ausgerottet und ich alarmierte die Bullen, die haben sie auch gleich im Garten vom Bär aufgetrieben. Aber es war zu spät, die Boa hatte bereits das einzige Schaf vom Bär erwürgt. Er war gar nicht mal wütend darüber und hat es für zwanzig Dollar Mrs. Reutter verkauft, die es als kurzfristige Bereicherung ihrer Speisekarte zubereiten ließ. Die Boa wurde natürlich eingeschläfert.«

»Und wie hat dieser Mark Donahue reagiert?«, will Roger wissen.

»Er ist mir vor Freude um den Hals gefallen«, sagt Laura. »Hat seiner Mutter kein Sterbenswörtchen verraten. Besser hätte es gar nicht kommen können. Endlich war er die Mutter und die Schlange los.«

»Jeder in Bisbee«, sagt Roger, »hat eine Tiergeschichte auf Lager. Wir müssen das alles aufschreiben und diese Anthologie einem Verlag anbieten.«

»Keine schlechte Idee«, sagt Helen, »aber darüber sollten wir ein andermal diskutieren. Wir sind hier, um das Übel des Spezialistentums in positive Bahnen zu lenken. Das war deine Idee, Roger.«

»Stimmt«, sagt Roger. »Ich hab da 'ne Idee. Man muß sich nur eine ausgefallene Sprache aussuchen, das nilosaharanische Kanuri etwa, einen entsprechenden Fernkurs belegen und schon wird man zu Kongressen eingeladen, liefert Beiträge für Fachzeitschriften, übersetzt die alten Volksepen ...«

»Du spinnst doch«, sagt Helen.

»Aber wirklich«, sagt Laura. »Ist noch Wein da?«

»Nein«, sagt Roger. »Kriegen wir sechs Dollar zusammen?«

Laura, Helen und Rogar kippen ihre Geldbörsen aus. Fast sieben Dollar.

»Wir sind gerettet«, sagt Roger. »Wenn du genügend Benzin in deinem Auto hast, Helen, können wir zu den Dirty Brothers fahren. Drei Flaschen Chablis für 5 Dollar 99 – ein noch gültiges Sonderangebot von 1943.«

Wo sollen diese Typen jetzt essen?

Wer nach Bisbee, Arizona, zieht, träumt nicht mehr davon, Präsident der Vereinigten Staaten zu werden. Wer hierherzieht, will den unamerikanischsten Traum aller amerikanischen Träume realisieren – mit einem Minimum an Geld, das heißt, mit einem Minimum an Arbeit irgendwie über die Runden zu kommen. Hier fängt man nicht als Tellerwäscher an, hier hört man als Tellerwäscher auf, vorletzte Sprosse einer reziproken Erfolgsleiter, deren Ziel das absolute Nichtstun ist, ein Nirwana der Erwerbslosigkeit.

Die Tellerwäscher, jene Glücklichen also, die es schon beinahe geschafft haben, finden gewöhnlich in dem Café-Restaurant ›Palace‹ ihren letzten Arbeitsplatz. Stundenlohn: 1 Dollar. Das ist nicht einmal ein Drittel des gesetzlich vorgeschriebenen Mindestlohns, aber die Gesetze werden in Washington D. C. gemacht, und Washington ist weit entfernt. Der ›Palace‹ ist ein gastronomischer Betrieb, der den hygienischen und lukullischen Ansprüchen des verwöhnten Gastes nur unzulänglich genügt. Niemand weiß mehr, wann der ›Palace‹ seine Pforten geöffnet hat, fest steht nur, daß er seit seiner Gründung nicht mehr gereinigt wurde. Ein graugelber Film aus Ruß, Staub und Fett lagert auf den Fensterscheiben und sorgt dafür, daß kein Sonnenstrahl ins Innere des Unternehmens dringt. Aus den Polsterstühlen quellen Sprungfedern und Schaumgummi, die Flecken und Essensreste auf den Tischen ersetzen die Speisenkarte. In der Tür hängt ein Schild mit der Aufschrift ›Täglich von 9 bis 18 Uhr geöffnet‹. Aber solche Schilder hängen in allen Geschäftstüren Bisbees und besagen nicht viel.

Kathy, die Wirtin, sitzt den lieben langen Tag am hintersten Tisch ihres Restaurants und versucht, Ordnung in ihre Geschäftspapiere zu bringen; da muß jetzt unbedingt etwas mit einem zwei Jahre alten Steuerbescheid geschehen, da müssen Drohbriefe vom Wasser- und Elektrizitätswerk beantwortet werden, auch die Anwaltspost von jenem kleinmütigen Gast, der sich hier angeblich eine Fleischvergiftung zugezogen hat, duldet keinen Aufschub mehr. Kathys Bemühungen werden gelegentlich vom Koch unterbrochen, der sich mit lauter Stimme aus der Küche vernehmen läßt.

»Hey, Kathy«, dröhnt er beispielsweise, »wir haben kein Salz mehr.«

Die Wirtin setzt ihre Brille auf und blickt in die Runde. Sie kennt alle Gäste, will nur feststellen, ob sich ein Autobesitzer unter ihnen befindet.

»Jim«, ruft sie durch's Lokal, »kannst du schnell zum Supermarkt fahren und zwei Pfund Salz kaufen? Leg's bitte aus, ich geb's dir morgen zurück.«

»Du hast mir noch nicht mal die beiden Tomaten vom Dienstag bezahlt.«

»Gut, daß du mich daran erinnerst, geb' ich dir auch morgen.«

Jim erhebt sich maulend und kramt nach seinen Autoschlüsseln.

»Kriegst auch 'ne Tasse Kaffee umsonst«, sagt Kathy.

»Kaffee nennst du diese Pisse?«, sagt Jim und trollt sich.

Einmal jährlich unterzieht Mr. Rodriguez von der Gesundheitsbehörde sämtliche Restaurationsbetriebe Bisbees einer mehr oder minder gründlichen Inspektion, ein Rundgang, der regelmäßig deprimierende Ergebnisse zeitigt.

»Kathy«, sagt er, »ich habe dir schon vor fünf Jahren gesagt, daß der Kühlschrank nicht ins Klo gehört. Wann nimmst du endlich Vernunft an?«

»Wo soll ich denn mit dem verdammten Ding hin?«, klagt Kathy.

»In die Küche«, sagt Mr. Rodriguez. »Der Kühlschrank eines Speiselokals hat in der Küche zu stehen und nirgends sonst.«

»In der Küche ist kein Stecker«, sagt Kathy.

»Dann ruf' einen Elektriker an und lass' endlich Strom in die Küche legen.«

»Hör zu«, sagt Kathy, »in letzter Zeit geht es wirklich bergauf. Die Einnahmen steigen fast von Tag zu Tag. Außerdem war mein Koch früher Elektriker. Wir haben schon darüber gesprochen. Nächsten Monat habe ich das Geld beisammen.«

»Das erzählst du mir nun auch schon seit fünf Jahren«, sagt Mr. Rodriguez. »Alle deine Köche waren früher Elektriker. Vielleicht solltest du mal einen Koch einstellen, der früher Koch war. Die Küche seh' ich mir gar nicht erst an, sonst muß ich den Laden hier gleich dicht machen.«

»Und wo sollen diese Typen dann essen?«

»Das ist es ja«, sagt Mr. Rodriguez.

Ein paar Monate später wurde dieser göttliche Mr. Rodriguez strafversetzt. Er kontrolliert jetzt einen Würstchenstand in einem trüben Dorf im Norden Arizonas. Das Dorf heißt Bagdad. Ich bin da mal vor ein paar Jahren durchgekommen. Bagdad besteht aus 20 Häusern, einer Tankstelle, einem 2 Quadratmeter großen Postamt, 6 Kirchen und einem Würstchenstand.

Bisbees neuer Gesundheitsinspektor hat nicht lange gefackelt, er hat die sofortige Schließung des ›Palace‹ verfügt. Aber Kathy gab nicht auf. Sie gab auch nicht auf, nachdem das Elektrizitäts- und Wasserwerk, am Ende ihrer Geduld, ihr Saft und Hähne abgedreht hatten. Die Gäste brachten Wasser und Kerzen mit, es gab nur noch kalte Eintöpfe und Suppen, die nicht wesentlich schlechter schmeckten als die ehemals warmen. Nun hatte der ›Palace‹ fast durchgehend geöffnet, die letzten Tage wollten ausgekostet sein. Und wenn man nachts an diesem seltsamen Lokal vorbeiging, sah es darinnen immer wie Weihnachten aus, Kerzenschimmer drang durch die schmutzgeschützten Fensterscheiben.

Neulich wurde der ›Palace‹ unter neuem Management wiedereröffnet. Es ist jetzt ein adrettes, sauberes, etwas langweiliges Restaurant, in dem Salz und Tomaten immer vorrätig sind.

»Mit Bisbee geht es bergab«, sagen die ehemaligen Stammgäste.

Kathy ist nach Kalifornien gezogen. Ich glaube, sie denkt noch oft an Mr. Rodriguez. Wahrscheinlich schreibt sie ihm zu Weihnachten und zum Geburtstag eine Postkarte. Und wenn Mr. Rodriguez endlich sein Telefon bekommt, wird er sie vielleicht mal anrufen.

Immer im Dezember wandert Sam aus

Jedes Jahr kurz vor Weihnachten dreht Sam durch. Dann trinkt er Unmengen Bier, geht nicht mehr schlafen, verbringt die Nächte in seinem Atelier, wo er das Spätwerk van Goghs kopiert. Drei Bilder, Öl auf Papier, schafft er pro Nacht. Am folgenden Morgen macht er die Gemälde der Öffentlichkeit zugänglich, indem er sie in den Fluren und Zimmern seines Hotels anbringt. Sam ist Bisbees eigentümlichster Hotelbesitzer. Seine Van-Gogh-Kopien sind nicht schlecht, nur die Art, wie er sie rahmt, ist ein wenig ungewöhnlich. Er preßt das Bild gegen die Wand, dann nagelt er vier Leisten drumherum.

Dabei hält er Selbstgespräche:

»Van Gogh, ihr Idioten habt ja keine Ahnung, glaubt wohl, daß er verrückt war. Von wegen, hat vom Leben mehr verstanden als ihr Dünnbrettbohrer alle zusammen, klare Konsequenz, daß er sich ein Ohr abgeschnitten hat, guten Morgen, Mike, Tee oder Kaffee?«

»Tee«, sage ich und unterbreche meinen Weg ins Badezimmer. »Ich habe die Originale in der großen Van-Gogh-Ausstellung in München gesehen. Deine Kopien sind verdammt gut.«

»Danke«, sagt Sam. »Als du vorgestern hier ankamst, habe ich dir sofort angesehen, daß du was von Malerei verstehst.«

Es kommt mir vor, als sei ich schon eine Ewigkeit in Bisbee, aber Sam hat recht, ich bin erst vor zwei Tagen eingetroffen. Es war Liebe auf den ersten Blick. Mit Städten und Städtchen und Landschaften geht es einem wie mit Menschen: man ist von spontaner Sympathie oder Antipathie ergriffen oder man weiß nicht so recht und wartet ab. Ich bin der Überzeugung, daß jeder Mensch über einen inneren Computer verfügt, der mit tausenden von Daten gespeichert ist, die alle Werte individueller Idealbilder ausmachen. Bei der Begegnung mit einem Menschen oder einer Stadt wertet dieser innere Computer den ersten optischen Eindruck im Bruchteil einer Sekunde aus. Na schön, bei Städten dauert es ein wenig länger. Fällt die Auswertung überdurchschnittlich positiv aus, nennt man das Liebe. Vielleicht handelt es sich jedoch nicht um tausende von eingespeicherten Daten, sondern nur um ein oder zwei Dutzend. Ich weiß es nicht.

Wie auch immer, ein Computer rechnet nur aus, ist kein Lebensberater. Haßliebe bestimmt mein Verhältnis zu Bisbee heute, ich hätte hier nie meine Zelte aufschlagen sollen. Vielleicht hat Sam damals mit dazu beigetragen, daß ich von Santa Fe nach Bisbee zog, denn Menschen wie ihn wird man in dem langweiligen Santa Fe vergeblich suchen. Ich mochte Sam. Schon weil er Weihnachten nicht mochte.

Sam ist 60 Jahre alt, trägt einen graublonden Vollbart und um den Kopf hat er immer ein rotes Tuch mit weißen Punkten gebunden. Am Abend sitzen wir in seinem Wohnzimmer, das auch gleichzeitig Bibliothek, Musik- und Arbeitszimmer ist. Vor zehn Jahren hat Sam angefangen, sich autodidaktisch das Klavierspielen beizubringen. Er spielt mir ein wenig vor, teils nach Noten, teils improvisierend. Mitten in einem Takt unterbricht er sich, setzt sich wieder aufs Sofa, erzählt mir aus seinem Leben. Acht Dachdeckerfirmen besaß er einst in Aspen, Colorado, dem stinkfeinen Winterkurort der Milliardäre und der Hollywood-Schickeria. Drei Millionen Dollar hat er im Laufe der Jahre gemacht und, bis auf einen winzigen Rest, in seinem Scheidungsprozeß verloren. Fast alles hat die Frau bekommen. Sam wurde Weiberfeind und fuhr nach Ägypten. Er besichtigte die Pyramiden, schlich sich in eine der Pyramiden, fand den Weg nicht mehr hinaus, war eingesperrt, hatte gottlob eine mit Wasser gefüllte Feldflasche dabei. Lebte zwei Tage und drei Nächte in der Pyramide, wo ihn die Geister aus Jahrtausenden heimsuchten, auf

Altägyptisch auf ihn einredeten, ihm alle Geheimnisse des Dämonenreiches offenbarten; fast verdurstet und halbwahnsinnig war er, als man ihn fand und in ein Hospital einlieferte.

»Damals bin ich verrückt geworden«, sagt Sam. »Du weißt doch, daß ich verrückt bin?«

»Ja, Sam«, sage ich.

Wir trinken Bier, schweigen eine Weile, hängen unseren Gedanken nach. Ich stehe auf und sehe mir seine Bibliothek an:

Jeffersons Werke in einem Band. Die Kakteenwelt Arizonas. Geisterglaube und Geisterbeschwörung in Brasilien. Wie repariere ich mein Badezimmer? Vorläufer des Marxismus. 99 Bohnenrezepte. Yoga für Anfänger. Skiparadies Aspen – Veranstaltungskalender Winter 1956/57. Beethovens Klaviersonaten – Eine kritische Würdigung. Kleine Dachdeckerfibel.

»Weihnachten kotzt mich an«, sagt Sam. »Nächste Woche haue ich ab. Hab schon gebucht. Fidschi-Inseln. Da ist man noch nicht verdorben von dieser Scheißzivilisation, da lebt noch eine Urbevölkerung, die den Geistern huldigt, die weiß, was Religion ist. Die Missionare haben die früher einfach aufgefressen oder den Haifischen vorgeworfen. Recht so. Diese Dreckskirche ist an allem schuld. Diese Päpste – die reine Verbrechergalerie. Die Mafia ist nichts dagegen, glaube mir.«

Ich muß ihm nicht glauben, ich weiß, daß er recht hat. Nur was die Urbevölkerung der Fidschi-Inseln anbetrifft, habe ich meine Zweifel.

»Sam«, sagte ich, »bist du sicher, daß auf den Fidschis noch alles so ist wie früher?«

Sam erhebt sich und schleppt einen Stapel Literatur über die Fidschis bei, alles was Bisbees Stadtbücherei zu diesem Thema bereithält. Die jüngste Publikation trägt den Jahresvermerk 1837. Und als erriete er meine Gedanken, sagt Sam: »Was soll sich schon groß geändert haben?« und begibt sich ins erste Stockwerk in sein Atelier.

Am nächsten Abend sitzen wir wieder im Wohnzimmer und Sam eröffnet mir, er sei Maler nur nebenbei, eigentlich sei er Schriftsteller, und er zeigt mir sein Romanmanuskript. Dabei spricht er, als sei ich sein Nachlaßverwalter. Er deutet an, auf den Fidschis bleiben und den Rest seiner Tage mit dieser unverdorbenen Urbevölkerung verbringen zu wollen. Den Roman hat er in den beiden letzten Jahren geschrieben und er umfaßt 6000 eng beschriebene Seiten und etwa 200 Illustrationen. Federzeichnungen, Bleistift- und Kohlezeichnungen, Aquarelle und Pastellbilder – und all diese Bilder, teils naturalistisch-getreu, teils abstrahierend, teils in wenigen Strichen angedeutet, teils ausgesprochen detailfreudig und in schreienden Farben, all diese Illustrationen haben nur ein Thema zum Gegenstand: Mösen.

Sein ganzer Frauenhaß, sein schizophrenes Verhältnis zum anderen Geschlecht ist in diesen Mösen ausgedrückt, die wie Spinnen oder Fledermäuse oder der Grand Canyon aussehen. Ich kann meinen Pessimismus nur mühsam niederkämpfen – lieber Sam, ich fürchte, es wird ein Weilchen dauern, ehe sich für dein Werk ein geeigneter Verleger findet.

»Wovon handelt dein Roman?«, frage ich.

»Sechstausend Seiten«, sagt Jim, »nur um mitzuteilen, daß es nichts mitzuteilen gibt; meine Botschaft lautet: Es gibt keine Botschaft.«

»Klingt gut«, sage ich.

Weihnachten näherte sich gnadenlos. Sam packte und eines Morgens war er verschwunden.

Ein halbes Jahr später war ich nach Bisbee gezogen. Sam war inzwischen wieder zurück.

Sprach man ihn auf das Thema Fidschi-Inseln an, knurrte er ein paar unverständliche Worte, murmelte etwas über McDonald's und lenkte die Konversation rasch in andere Bahnen.

Das war im Hochsommer. Inzwischen rüstet man sich wieder zum Fest. Stille Nacht und Jingle Bells rieselt's in den Gemüsehandlungen und Supermärkten; Nadelholz, Lametta und Krippenszenen dekorieren die Schaufenster in christlichem Einerlei – wohin man blickt, ein käsiges, wabbeliges Jesulein reckt einem seine Speckärmchen entgegen, und Sam ist drauf und dran durchzudrehen.

Wieder steigt der Bierumsatz in Bisbee bedenklich, wieder brennt jede Nacht in Sams Atelier das Licht bis zum Morgengrauen. Diesmal ist es besonders schlimm; nicht nur hat Sam sein Hotel geschlossen, sondern auch ein ›For-Sale‹-Schild an die Eingangstür gehängt. Er will sein Hotel also verkaufen und endgültig fortziehen. Aber wohin? Eigentlich geht mich das nichts an, aber wenn man in einer Kleinstadt lebt, wird man neugierig. Sam selbst aufzusuchen, traue ich mich nicht. Ich weiß, daß seine Laune lebensgefährlich ist. Also gehe ich in die Stadtbücherei, um die Bibliothekarin um eine Auskunft zu bitten.

»Mary«, sage ich, »hat sich Sam kürzlich Bücher über ein bestimmtes Land oder eine entfernte Inselgruppe ausgeliehen?«

»Welcher Sam?«

»Hotel-Sam.«

»Stell dir vor«, sagt Mary, »er hat alles, aber auch alles über Neu Guinea nach Hause geschleppt.«

Leise rieselt der Schnee, doch das Hotel hat noch keinen Käufer gefunden. Vielleicht ganz gut so, denn wo sonst könnte Sam im nächsten Dezember seinen Auswanderungs- und Inselphantasien nachhängen?

Mr. Mortimer zieht um

Ach ja, die Hippies. Sie haben Bisbee, unser Minenstädtchen, vor dem Untergang gerettet, sagen die einen. Die Hippies sind noch Bisbees Untergang, sagen die anderen.

Mr. Mortimer war stolzer Inhaber des einzigen Beerdigungsinstituts, dessen Bisbee sich rühmen konnte. Eine etwas schiefe, im Wind knarrende und nicht ganz wasserdichte Hütte am Ende von Main Street beherbergte seine beiden Geschäftsräume.

Im vorderen Raum stand ein Schreibtisch, den sich Mr. Mortimer mit seiner Sekretärin teilte; vor dem Schreibtisch war eine Polstergarnitur, auf der die trauernde Kundschaft Platz nehmen und sich von Mr. Mortimer trösten und beraten lassen konnte.

Im hinteren Raum waren die Särge. Wild aufeinandergestapelt gab es Schreine für jeden Bedarf und Geldbeutel. Vom reich verzierten Eichenholzsarg mit Messinggriffen bis zur Secondhandlade, kaum gebraucht und rätselhafter Herkunft.

Eines nachmittags vor gut drei Jahren erhob sich Mr. Mortimer von seinem Schreibtisch, sah seine Sekretärin scharf an und sagte:

»Ich statte jetzt St. Elmo's einen Besuch ab.«

»Wie bitte?!«, rief die Sekretärin entsetzt.

»Alle schimpfen auf die Hippies«, sagte Mr. Mortimer, »aber keiner kennt sie. Ich will mir selbst ein Urteil bilden und da ist die Bar St. Elmo's der geeignete Ort.«

In den ersten Jahrzehnten des Jahrhunderts, als Bisbee noch die reichste Stadt zwischen New Orleans und Los Angeles war, gab es hier 130 Bars. Mit die wüsteste Bar hieß The Office, das Büro, und war von außen als solche nicht zu erkennen. Reingelassen wurde nur, wer das geheime Klopfzeichen kannte, und das geheime Klopfzeichen kannten nur Männer der wohlhabenden

Oberschicht. Im Büro wurde gesoffen, gehurt und gepokert – in anderen Worten, Nacht für Nacht wurden einige lustfeindliche Gesetze des Staates Arizona übertreten. Doch das war in den verbleibenden 129 Bars Bisbees nicht viel anders. Warum also diese Geheimnistuerei im Office? – Weil die betuchten Gäste alle fromme Christen waren und Lügen eine schwere Sünde ist. Wenn sie sich nach dem Abendessen davonmachten und ihren Ehefrauen sagten, sie würden noch für ein paar Stunden ins Büro gehen, hatten sie nicht gelogen. Dieses obskure Büro gibt es heute noch. Es ist keine Bar mehr, sondern die Office Gallery, in der handgemachte Aschenbecher, Halsketten aus Taiwan und wunderschöne Ölgemälde feilgeboten werden.

St. Elmo's ist sich stets treu geblieben, tapfer und unverdrossen hat diese Pinte als einzige seit ihrer Eröffnung anno 1905 den wirtschaftlichen Niedergang Bisbees überstanden. Wohl weil das jeweilige Management sich immer starrsinnig geweigert hatte, sich mit Begriffen wie Rentabilität und Instandhaltung rumzuschlagen. Die Zeichen der Zeit ignorierend setzte man auf Kontinuität und nie versiegenden Durst.

Die Sekretärin hätte eigentlich schon um 5 Uhr nach Hause gehen dürfen, doch sie machte Überstunden – sie wollte nicht bis zum nächsten Morgen warten, sie wollte so bald wie möglich wissen, wie es ihrem Chef in der berüchtigten Kneipe ergangen war. Vermutlich würde er überhaupt nicht zurückkommen. Nach allem was man über St. Elmo's gehört hat, ist er wahrscheinlich von den Hippies niedergeschlagen, ausgeraubt und geknebelt worden. Dann würde die Polizei kommen, der sie genau sagen könnte, wann sich der Chef auf den Weg gemacht hatte. Aber die Polizei kam nicht. Möglicherweise würde man die Leiche des Chefs erst in ein paar Wochen entdecken, vielleicht sollte sie eine Vermißtenanzeige aufgeben?

Die Sonne ging unter, und die Sekretärin machte sich bereits ernsthafte Gedanken, wie der Direktor des Beerdigungsinstituts würdig zu beerdigen sei, als Mr. Mortimer leicht angetrunken und selten guter Laune wieder seine Firma betrat.

»Weißt du was?«, rief er. »Diese Typen, diese Hippies sind unheimlich nette Kerle. Sie haben mich wie einen alten Freund willkommen geheißen und zum Bier eingeladen. Haben nicht das Schwarze unter dem Fingernagel, aber laden mich ein. Alle Achtung, ich muß sagen, alle Achtung.«

Die Sekretärin packte ihre Handtasche und verließ das Büro. Aus irgendeinem Grund war sie beleidigt. Mr. Mortimer setzte sich.

»Wird einer aus den Weibern schlau«, murmelte er vor sich hin. »Unheimlich nette Typen, alle Achtung.«

Gewohnheiten fädeln sich in der Maske der Abwechslung in unser Leben. Man raucht zur Abwechslung eine Zigarette, und nach kaum einem halben Jahr ist die einstige Abwechslung zu einer Gewohnheit geworden, zu einem giftigen Laster. Ähnlich erging es Mr. Mortimer mit der Bar St. Elmo's. Die Sekretärin beobachtete es mit wachsendem Mißfallen. Anstatt ihr den Bund fürs Leben anzutragen, sie zur Frau Beerdigungsinstitutsdirektor zu machen, vermählte er sich schleichend mit St. Elmo's.

Erst blieb er zweimal wöchentlich ein paar Stunden den Geschäften fern, dann dreimal, dann ganze Nachmittage, dann ganze Nachmittage und halbe Vormittage, schließlich war er nur noch in der Hippiepinte anzutreffen. Ohne es recht zu merken, war Mr. Mortimer umgezogen, hatte sein Unternehmen von der schrägen Hütte auf Main Street nach St. Elmo's verlegt. In der ungezwungenen Atmosphäre einer Bar, meinte er, ließen sich Trauerfälle ohnehin trostreicher als in der Beileidskanzlei diskutieren. Die Sekretärin hatte sich ihr Restgehalt aus den letzten Baranzahlungen für Särge zusammengestellt und war verbittert nach Tucson gezogen.

Mr. Mortimer verfiel zusehends dem Alkohol und war glücklich. Er ging nicht mehr zum Frisör, ließ sich einen Bart wachsen, strich die Substantive Hygiene und Körperpflege aus seinem Vokabular und wurde Bisbees jüngster und dennoch ältester Hippie, zählte er doch zur Zeit seines Umzugs immerhin schon 65 Lenze. Seine Firma betrieb er in der neuen Umgebung, wobei ihm nach drei Wochen auffiel, daß er seine Sekretärin schon ewig nicht mehr gesehen hatte. Er schickte ihr ein geharnischtes Kündigungsschreiben.

Jeder, der Mr. Mortimer nach seiner Metamorphose sah, mußte zugeben, daß er ausgezeichnet in die Bar St. Elmo's paßte. Und die Hippies, die alteingesessenen Stammgäste mochten ihn, vor allem, da sie gerade mit einem Problem zu kämpfen hatten, das eigentlich nur Mr. Mortimer zu lösen imstande war.

In St. Elmo's wird nicht nur getrunken, getanzt, der neueste Bisbeetratsch ausgetauscht und nach Wegen geforscht, ohne lästigen Arbeitsaufwand an ein paar Dollar zu kommen, in St. Elmo's wird auch mit Drogen gehandelt. Zuweilen schlägt einem beim Betreten der Kneipe eine intensive Haschischwolke entgegen, doch ist niemand so dreist, die härteren Drogen wie das beliebte Kokain an Ort und Stelle zu konsumieren. Da fährt man vorsichtshalber in die Berge südlich von Bisbee, um sich ungestört dem Genuß des weißen Staubs hingeben zu können. Dummerweise führt die Ausfahrt zum Highway haarscharf am Polizeirevier vorbei. Und eines Tages folgte ein Polizist im Dienstwagen der fröhlichen Fracht in die Berge. Das war das vorläufige Ende der Kokainparties unter Arizonas sternklarem Firmament. Das letzte Wort hatte der Richter. Das letzte, aber nicht das allerletzte. Immerhin gab es noch Mr. Mortimer, die geeignete Persönlichkeit, die nächtlichen Schneerunden wieder aufblühen zu lassen.

Er wollte gerade die Tageszeche begleichen, als ihm einer seiner neuen Freunde die Hand auf den Arm legte.

»Alles bezahlt«, sagte er.

»Kommt nicht in Frage«, sagte Mr. Mortimer.

»Du brauchst nicht mehr für dein Bier zu bezahlen«, sagte der großherzige Kumpan. »Heute nicht, morgen nicht, nie mehr.«

Als Menschenkenner und erfahrener Geschäftsmann stellte er die einzig intelligente Frage in solch einer Situation: »Was muß ich dafür tun?«

»Du hast doch noch dein Leichenauto?«

»Selbstverständlich«, sagte Mortimer.

»Also paß auf«, flüsterte der Stammgast. »Du mußt uns nur zweimal pro Woche da hinten reinpacken, die Gardinen zuziehen und uns in die Berge fahren.«

Mr. Mortimer schüttelte den Kopf, kratzte seine wuchernde Frisur, tat so als würde er nachdenken, Gesetzestreue gegen Freundschaftsdienst abwägen, dann schlug er ein.

Und nun fahren sie wieder in schöner Regelmäßigkeit in die Berge, vorbei am Polizeirevier, und die Polizisten nehmen respektvoll ihre Mützen ab, wenn der Leichenwagen an ihnen vorbeistreicht.

Ich habe den Verdacht, daß die Polizei schon längst Verdacht geschöpft hat. Auch der Herr Staatsanwalt und die Herren Richter sind wohl überzeugt, daß Mr. Mortimer nicht immer seine übliche Trauerlast transportiert.

Nur, ein Leichenwagen ist etwas anderes als der zerbeulte, roststarrende VW-Käfer, in dem die Kokainbrüder früher ins Gebirge geschwärmt sind.

Man hat natürliche Hemmungen, der Sarglimousine zu folgen, außerdem kann man einen Mr. Mortimer nicht hinters Licht führen. Er hat seinen Rückspiegel wachsam im Auge und würde bei dräuender Gefahr umdrehen und zurück in seine Garage fahren. Und ihn gleich hinter dem Polizeirevier anzuhalten, fehlt einem der Mut. Nichts fürchtet man in Kleinstädten mehr, als sich zu blamieren, zum Gespött der Leute zu werden. Mr. Mortimer anhalten, ihn auffordern, die Rückklappe des Wagens zu öffnen, und dann keine Hippies, sondern die entseelte Mrs. Fernandez in ihrem Jenseitsgehäuse – nicht auszudenken.

Wahrscheinlich seien sie ohnehin nicht zuständig, haben sich die Polizisten geeinigt. Besser, man halte es mit den Parksündern.

»Die Parksünder«, philosophiert der Reviervorsteher Bill, »sind unser täglich Brot. Sie sorgen dafür, daß wir unsere Pflicht tun, ohne uns dabei zu überanstrengen.«

Die Mannschaft nickt zustimmend.

»Diesen Mortimer erwischen wir schon mal«, fährt Bill fort. »Irgendwann läuft er uns ins Messer.«

»Irgendwann«, pflichteten die anderen Polizisten bei.

Die Eisdiele

Wenige Minuten nach dem ersten Hahnenschrei wird das Städtchen aktiv. Ob man etwas zu tun hat oder nicht, ob Pflichten rufen oder nicht, man steht bei Tagesanbruch auf, besorgt die nötigsten Rituale einer Morgentoilette und macht sich an die Arbeit. Schon vor drei Jahren hatte man sich vorgenommen, den Zaun zu streichen, also transportiert man die Farbtöpfe in den Garten, legt die Pinsel zurecht, heute ist der große Tag, an dem der Zaun gestrichen wird, doch findet man leider den Spachtel nicht, mit dem man die alte Farbe abkratzen wollte. Man läuft runter zur Kreuzung, um zur Eisenwarenhandlung zu trampen. Keiner nimmt einen mit, nach einer Stunde gibt man auf, um im Palace zu frühstücken. Man bestellt ein Käsesandwich, das 99 Cent kostet und Kathy bittet den Gast, im voraus zu bezahlen – von dem Geld wird sie die Ingredienzien für das Sandwich kaufen. Der Gast wartet geduldig, 45, 60 Minuten lang. Zur Belohnung seines Harrens bekommt er eine Tasse Kaffee umsonst – eine Tasse jenes Kaffees, der so schlecht ist, daß er zur Touristenattraktion avanciert ist.

Sie stehen mit dem ersten Sonnenstrahl auf und fangen irgendetwas zu arbeiten an, sie wursteln, krokeln, basteln, sie räumen den Eimer, die Harke und den Rechen von der vorderen linken in die hintere rechte Ecke des Gartens, sie sägen Bretter zurecht, um ihrer Hütte ein Bade- oder Gästezimmer anzufügen, die Bretter werden hinter das Haus gestapelt, wo sie liegenbleiben, bis sie vom Regen u-förmig geworden und aufgequollen sind, dann werden sie zu Kleinholz für den Ofen gemacht. Man arbeitet, ist emsig, jedoch auf eine Weise, die von keiner ökonomischen Theorie der Welt gestützt wird – das ist weder Kapitalismus noch Marxismus, es ist nichts, einfach nichts, Arbeit um der Arbeit willen, schwitzende Unproduktivität ohne Angebot und Nachfrage. Man achtet geradezu pedantisch darauf, daß jedwelche Tätigkeit keinen roten Heller einträgt. Nichts wird in Umlauf gesetzt, nichts geht in die Welt, in das System hinaus, das verhaßte, schließlich ist man nach Bisbee gezogen, um dem System den Rücken zu kehren. Vielleicht möchten sie ihren Kindern nur einmal sagen können, was sie selbst sich immerzu von ihren Eltern hatten anhören müssen: »Ich bin jeden Tag um 6 aufgestanden und habe gearbeitet, hart gearbeitet.« Vermutlich wird man verschweigen, daß man gewöhnlich um 10 Uhr Hammer und Kelle fallen ließ, um sich dem Müßiggang zu widmen, um die Main Street entlangzuschlendern, den Rest des Tages im Palace oder in der Eisdiele zu verbringen.

Die Eisdiele gibt es inzwischen nicht mehr, da auf dem Gebäude Brewery Gulch, Ecke Howell Avenue offenbar ein Fluch lastet. Wie anders ist es zu erklären, daß jedes, aber auch jedes Unternehmen, das sich in diesen Gemäuern etabliert hatte, über kurz oder lang pleite gegangen ist? Ein paar Restaurants, ein Spielwarengeschäft, eine Musikalienhandlung, die Kunstgalerie Goldener Westen und Chuck's Anglerparadies waren bereits den Bach runtergegangen, als Herb und Sandra Simon Bisbees erste und einzige Eisdiele in besagten Räumlichkeiten eröffneten – vom ersten Tag an ein beispielloser Erfolg. Herb und Sandra stellten ihr Eis selbst her – nach einem alten Rezeptbuch, das sie einmal für 25 Cent bei einem Antiquar in Big Spring, Texas, gekauft hatten – und führten zunächst nur drei Sorten: Pistazie, das nach Seife schmeckte, Schokolade, das nach Backpulver schmeckte und Vanille, das nach gar nichts schmeckte. Außerdem hatte das Eis die Angewohnheit, erst am Löffel und dann am Gaumen kleben zu bleiben. Gewiß, da war noch manches verbesserungswürdig, doch wußten Bisbees Einwohner die Bereicherung des gastronomischen Angebots zu schätzen und unterstützten die Eisdiele nach Kräften. Die Simons schöpften Mut und erweiterten die Skala um Himbeer und Erdbeer (die identisch schmeckten, weswegen sie Himbeer bald wieder von der Karte strichen), Zitrone, Banane und Wassermelone. Ein paar Monate später erwarben sie eine Espressomaschine. Als sie das Ding auspackten, fanden sie auf dem Boden des Kartons eine 40 Seiten starke Gebrauchsanweisung, die in schlechtem Englisch und versehen mit einem Dutzend Planskizzen die Vermutung nahelegte, daß eine Espressomaschine höchste Ansprüche an den technischen Verstand ihres Eigentümers stellt und ihre Inbetriebnahme kaum weniger kompliziert als die eines Atomkraftwerkes ist. Nachdem Herb und Sandra die Gebrauchsanweisung zwei Wochen lang studiert hatten, ohne auch nur ein Wort zu kapieren, lernte Herb in der Bar des Copper Queen Hotels einen durchreisenden Ingenieur kennen, der ihm anschaulich und in leicht faßlicher Sprache jeden Knopf und Hebel, jeden Hahn und jedes Röhrchen, die Schalter und Stecker, die Deckel, Filter und Schächte des verworrenen Mechanismus erklärte, wobei er auf eine Serviette das Skelett einer Espressomaschine zeichnete. Dreimal ließ sich Herb alles beschreiben, dann war er seiner Sache sicher. Er hatte das System der Maschine verinnerlicht, kannte und beherrschte im Geiste den Automaten wie ein pensionsreifer italienischer Ober. Am nächsten Morgen konnte er es kaum erwarten, das Geschäft zu öffnen und die Maschine endlich anzuschließen. Er füllte Kaffeepulver und Wasser ein, stellte zwei Mokkatassen auf das Stahlgitter unter den Röhrchen, schloß die Maschine an das Stromnetz an, drückte Knöpfe, öffnete Hähne, tätigte Schalter, kontrollierte Kontrollämpchen und wartete. Einige Minuten lang geschah nichts, dann hörte man das Wasser brodeln, wenig später schoß heißer Dampf aus allen Öffnungen des Geräts, gefolgt von einer ohrenbetäubenden Explosion, die die Schaufenster der Eisdiele zerbarst, ein Loch in die Mauer zum Nachbarhaus riß und fünf Gästen Brand- und Schürfwunden zufügte.

Dieses Mißgeschick war aber nicht die größte Katastrophe in der Geschichte Bisbees erster, einziger und bislang letzter Eisdiele. Nachdem Mr. Simon seinen Ford ein halbes Jahr ununterbrochen im Halteverbot geparkt hatte, fand es ein Polizist an der Zeit, einen Strafzettel unter den linken Scheibenwischer zu klemmen. Herb Simon drehte durch. Der Wahnsinn, dieses lauernde Gespenst, hatte wohl geraume Zeit in seiner gequälten Seele gehaust, ein tückischer Untermieter, ein blinder Passagier, der nur auf eine Gelegenheit gewartet hatte, offen und unverschämt sein Opfer in Besitz zu nehmen. Herb Simon griff den Strafzettel, stieb zum Polizeirevier und verlangte nach einem Telefon.

»Was soll das?«, versuchte der diensthabende Polizist zu beschwichtigen. »Herb, willst du wirklich wegen eines lumpigen Strafzettels deinen Anwalt anrufen?«

»Nein«, schnaubte Herb, »ich will meinen guten Freund, verstehst du, meinen guten Freund Richard Nixon in Washington anrufen. Und er wird euch die Leviten lesen, alter Junge. Entweder du zerreißt den Strafzettel oder ihr sitzt alle bis über die Ohren in der Scheiße.«

Am nächsten Tag wurde es noch schlimmer – nun war Herb nicht mehr ein Freund des Präsidenten, er war der Präsident der Vereinigten Staaten. Am übernächsten Tag erzählte Herb seinen Gästen, er sei mit einem Raumschiff auf der Erde gelandet, um die Menschen vor dem Untergang zu retten – höchste Zeit, Herb Simon in das Spital für Geistesgestörte in Tucson einzuliefern, um ihm professionelle Hilfe angedeihen zu lassen. Nach einer Woche wurde Herb für harmlos befunden und wieder entlassen. Er kehrte zurück zu Ehefrau und Eisdiele und fing bald wieder an, von Spiralnebeln und UFOs zu reden, von seiner galaktischen Herkunft, von seinem eigentlichen irdischen Zuhause, dem Oval Office in Washington D. C.

Mrs. Simon rief den Chefarzt der Nervenheilanstalt in Tucson an und verlieh der Befürchtung Ausdruck, ihr Mann sei nicht vollständig geheilt.

»Mrs. Simon«, sagte der Chefarzt, »wenn wir alle Leute in den USA einsperren würden, die sich für den Präsidenten halten, hätten wir viel zu tun.«

»Und was ist mit den Wahnvorstellungen, er sei hier in einer fliegenden Untertasse gelandet?«

»Diese psychischen Phänomene werden noch erforscht«, versicherte der Chefarzt, »was sich als sehr schwierig erweist, da es zu Lebzeiten Sigmund Freuds weder Raumfahrt noch UFOs gegeben hat, und er sich bedauerlicherweise dazu nicht hatte äußern können. Wir nehmen an, daß diese Auswüchse einer kranken Phantasie etwas mit einem Mutterkomplex zu tun haben. Auf jeden Fall ungefährlich, Mrs. Simon.«

Die Stammkundschaft der Eisdiele schwand dahin, nicht daß sie Herbs Geschichten gestört hätte, nur wiederholten sie sich so oft, daß man ihrer überdrüssig wurde. Mrs. Simon schloß die Eisdiele, verkaufte die Reste der Espressomaschine und das andere Inventar und begab sich mit ihrem Mann auf Reisen.

»Wo fahren wir hin?«, fragte Herb

»Nach Washinton D. C.«, sagte Sandra.

»Gut«, sagte Herb.

Und so durchkreuzen sie seit Jahren die Vereinigten Staaten, lassen sich für ein paar Wochen oder Monate in der ein oder anderen Kleinstadt, dem ein oder anderen Dorf nieder, bleiben bis die Bewohner Herbs Geschichten nicht mehr hören wollen und einen Umzug nahelegen. Dann packen sie wieder und ziehen weiter, Amerika ist groß, und manchmal sagt Herb: »Ich hätte nie gedacht, daß Washington so weit ist.«

Das Sonderangebot
der Woche

Etwas außerhalb von Bisbee, an der Straße nach Naco, dem traurigen, amerikanisch-mexikanischen Grenzstädtchen, hat der Tierarzt seine Praxis; ein kleiner, etwas schiefer Bungalow, den der Veterinär vor Jahrzehnten, bettelarm und am Anfang seiner Karriere in mühevoller Feierabend- und Wochenendarbeit selbst errichtet hatte. Aber niemand ist so gemein, von den architektonischen und handwerklichen Fähigkeiten Bill Bloomfields auf dessen Kunst der Tierheilkunde zu schließen.

Jeden Morgen, wenn er seine Praxis öffnet, stellt er eine große Klapptafel aufs Trottoir, so wie sie vor Lebensmittelläden und Dorfgasthäusern stehen. An den oberen Rand der Tafel sind mit Ölfarbe die Worte *Sonderangebot der Woche* gemalt, und darunter schreibt er dann mit Kreide, welche Eingriffe er in den nächsten Tagen besonders preiswert durchführen wird. Zum Beispiel: *Kater kastrieren $15*. Gewöhnlich kostet es zwanzig Dollar. Solche Angebote beleben das Geschäft, außerdem sind sie fester Bestandteil der freien Marktwirtschaft.

›Nicht schlecht‹, denken die Katerhalter Bisbees. ›Mein Vieh ist nachts draußen und hat bereits sämtliche Katzen der Gegend geschwängert, weswegen es oft genug Ärger mit den Nachbarn gegeben hat. Jetzt wird diese leidige Kastration nicht mehr auf die lange Bank geschoben; Bills Sonderangebot ist ein Fingerzeig des Himmels.‹ Man packt das fauchende, wild um sich kratzende Tier, steckt es in einen alten Karton, den man gut zuschnürt, wirft den Karton auf den Rücksitz seines Autos und fährt zu dem schiefen Bungalow.

»Großartig, Bill, was du dir da wieder ausgedacht hast«, sagt Milton, »dir fällt auch immer wieder was Neues ein.«

»Die Aktion hat wirklich eingeschlagen«, sagt Bill Bloomfield. »Ich hab schon mindestens dreißig Katzen hier. Der Himmel allein weiß, wie ich das alles schaffen soll. Mrs. Rodriguez sagt immer, ich soll auch mal an die Wellensittiche und Kanarienvögel denken. Aber damit ist nichts zu verdienen. Und was soll ich da schon anbieten? Einem Kanarie in den Hals gucken, fünfzig statt sechzig Cent? Und wenn diesen Viechern die Federn ausfallen, kann man sowieso nichts machen.«

»Sag mal, Bill, meinst du, daß Kater so eine Ahnung haben?«

»Was für eine Ahnung?«

»Nun ja, er hat sich echt gesträubt, wollte um keinen Preis mit«, sagt Milton. »Vielleicht hat er ja gewußt, was ihm bevorsteht.«

»Quatsch«, sagt Bill, »du würdest auch nicht gerne in einem stinkenden Karton sitzen. Nein, nein, Katzen ahnen nichts, Hunde schon eher. Freitagnachmittag kannst du deinen Eunuchen abholen.«

›Hoffentlich wird das Tier jetzt nicht so dick‹, überlegt Milton, während er am Freitag gegen fünf Uhr zu Bills Praxis fährt. ›Wenn ich an den Kater vom Bürgermeister denke, wird mir ganz schlecht; sieht aus wie ein umgekipptes Bierfaß. Und Mäuse fängt er auch keine mehr, sitzt nur wie ausgestopft im Sitzungssaal vom Rathaus. Vielleicht war das doch keine so gute Idee. Das ist wie im Supermarkt, man läßt sich immer von den blödsinnigsten Sonderangeboten verführen.‹

Dann parkt er sein Auto, nimmt den alten Karton, setzt sich ins Wartezimmer und betrachtet den Wandschmuck – Aquarelle von der verstorbenen Mrs. Florence Bloomfield. Ein Foxterrier auf einem blauen Kissen sitzend, weidende Rinder vor der Bergkulisse Südarizonas, ein Kanarienvogel, der erfreut aus der versehentlich offengelassenen Käfigtür blickt, ein Aquarium mit Fischen, die wie bunte, verbeulte Pingpongbälle aussehen. Richtig, Mrs. Bloomfield hatte vor Jahren an einem Aquarellierkurs teilgenommen, veranstaltet von einem der führenden Künstler Bisbees. Ihre

Bilder bot sie regelmäßig auf dem Weihnachtsmarkt an, und was sie nicht verkaufen konnte, brachte sie statt Blumen mit, wenn sie irgendwo eingeladen war. Ach, die arme Florence Bloomfield – nachdem sie ihren Aquarellierkurs absolviert hatte, erhielt sie immer seltener Einladungen. Milton wendet sich der Wartezimmerlektüre zu. Drei zerfledderte Taschenbücher liegen auf dem nierenförmigen, mit Messing eingefaßten Tischchen: ›Lehrmeisterin Natur‹, ›Biodynamische Hundenahrung‹ und ›Die Kuh ist schwanger – was nun?‹.

Da kommt Bill herein, reicht Milton den Kater und sagt: »Alles gut überstanden.«

»Entschuldige«, sagt Milton, »das ist nicht mein Kater. Meiner ist schwarz, und der hier ist rot getigert.«

»Schwarz?«, sagt Bill. »Du meinst, so richtig schwarz?«

»Ja. Was ist daran ungewöhnlich?«

»Komm mal mit«, sagt Bill, und sie gehen in den Nachbarraum.

Die kastrierten Kater sitzen übellaunig und beleidigt in ihren Käfigen.

»Das sind alle, die noch übrig sind«, sagt Bill, »die anderen sind schon abgeholt worden.«

»Meiner ist nicht dabei«, sagt Milton.

»Das ist mir ein Rätsel«, sagt Bill. »Was ist mit dem da?«

»Der ist grau und nicht schwarz«, sagt Milton.

»Nun ja, fast schwarz«, sagt Bill.

In den folgenden drei Tagen wird sehr viel telefoniert in Bisbee. Allmählich kommt man dahinter, wie das Unglück seinen Lauf genommen hat. Die halbblinde Mrs. Clinton muß sich die falsche Katze gegriffen haben, und Mr. Sisk, der älteste Bürger der Gemeinde und nicht mehr ganz richtig im Kopf, hatte wahrscheinlich vergessen gehabt, wie sein kleiner Liebling aussah und ebenfalls die falsche Wahl getroffen, nicht auszuschließen war auch, daß sich ein paar Kunden Mr. Bloomfields schönere und jüngere Tiere als ihre rechtmäßigen ausgesucht hatten, ganz abgesehen von den Hippies, denen sowieso alles egal ist, diesen Kommunisten, die nehmen, was man ihnen gibt, weil für Karl Marx eine Katze wie die andere ist.

Milton zahlt fünfzehn Dollar und nimmt den getigerten Kater mit nach Hause. Es ist besser, er hat etwas zu tauschen, wenn er wieder in den Besitz seiner eigenen Katze gelangen möchte. Er ruft mehrere Dutzend Leute an, von denen er weiß, daß sie Katzenhalter sind oder von denen er annimmt, daß sie eine Katze haben, weil es zu ihrem Charakter passen würde. Milton geht alphabetisch vor, und beim Buchstaben M angelangt, rechnet er aus, die fünf Dollar Ersparnis für die Sonderangebotskastration längst verteletefoniert zu haben. Dabei hat er noch kein einziges Mitglied der unendlich verzweigten und fruchtbaren Familie Rodriguez angeläutet. Als er bei S wie Mr. Sisk ist, ist er der Überzeugung, daß er für die Summe der nächsten Telefonrechnung seinen Kater in einem Schweizer Privatsanatorium hätte kastrieren lassen können.

Immerhin macht ihm Mr. Sisk ein wenig Hoffnung. Ja, er habe tatsächlich seine Katze beim Tierarzt gehabt und auch wieder abgeholt, ob sie allerdings schwarz sei, könne er im Moment nicht sagen, er habe seine Brille verlegt. Ob Milton nicht vorbeikommen wolle?

Milton nimmt den gestreiften Kater und fährt zu Mr. Sisk.

»Eigentlich müßte man zwei Brillen besitzen«, sagt Mr Sisk, »damit man immer eine hat, um die andere damit suchen zu können, aber die Krankenkassen wollen nur abschröpfen und nichts leisten. Dabei ist es so viel teurer. Wenn man die Brille ohne Brille sucht und versehentlich auf seine Brille tritt, weil man nichts sieht...«

»Sie sprechen mir aus der Seele«, sagt Milton. »Darf ich mal einen Blick auf Ihre Katze werfen?«

»Die ist wahrscheinlich im Geräteschuppen«, sagt Mr. Sisk. »Ich möchte nur wissen, warum Sie nicht schon früher nachgefragt haben? Sechs Jahre sind eine lange Zeit.«

»Sechs Jahre?!«

»Vielleicht habe ich die Miez auch vor sieben Jahren zu Bill gebracht, aber länger ist es bestimmt nicht her.«

Am nächsten Tag stattet Milton der alten Mary Tacker einen Besuch mit seinem getigerten Kater ab. Der Chef der Feuerwehr habe Marys Katze zu Bill gefahren, weil ihr Auto im Eimer sei, und die Tochter des Bürgermeisters habe die Katze zurückgebracht, aber leider die falsche, ihre sei weiß mit einem schwarzen Fleck am Ohr, und die hier sei rot mit einer weißen Vorderpfote.

»Unter Eisenhower hätte es so etwas nicht gegeben«, sagt Mary Tacker, »da hatten die Leute noch Respekt vor dem Eigentum anderer.«

»Ich bin sicher«, sagt Milton, »daß Bill unser Eigentum respektiert, er wird nur ein wenig alt und vergeßlich.«

»Da wirst du wohl recht haben«, sagt Mary. »Man kann bei ihm inzwischen froh sein, wenn man eine Katze hinbringt und eine Katze zurückbekommt und kein Bison.«

»Neulich habe ich in der Zeitung gelesen, daß die Bisons fast ausgestorben sind«, sagt Milton. »Früher sind die Leute mit der Eisenbahn durch die Prärie gefahren und haben aus den Abteilfenstern die Bisons abgeknallt.«

»Besser Bisons als Menschen«, sagt Mary. »Ich kann von Glück sagen, daß mein Mann heil aus dem Zweiten Weltkrieg zurückgekommen ist. Hat dann wenigstens noch ein paar schöne Jahre gehabt.«

»Ja, der gute Kevin«, sagt Milton.

»Stimmt, du hast ihn ja noch gekannt«, sagt Mary. »Hatte ein Herz aus Gold. Jedes Jahr an meinem Geburtstag ist er mit mir nach Tucson gefahren, um mich in das Restaurant einzuladen, in dem wir uns verlobt hatten. Einen solchen Mann kannst du heutzutage mit der Lupe suchen.«

»Das ist wahr«, sagt Milton.

»Das Restaurant hat mittwochs Ruhetag, und immer wenn mein Geburtstag auf einen Mittwoch fiel, sind wir mit leeren Mägen den ganzen Weg wieder zurückgefahren und haben uns geschworen, das nächstemal daran zu denken.«

Während Mary und Milton über alte Zeiten plaudern, wird es Nacht in Bisbee. Mr. Sisk sucht den Lichtschalter, damit er seine Brille suchen kann, der Chef der Feuerwehr holt sich noch ein Bier aus dem Kühlschrank und beschließt, das Tor zum Spritzenhaus selbst und auf eigene Kosten neu zu streichen, schon um dem Bürgermeister eins auszuwischen, die Tochter des Bürgermeisters schreibt ein Gedicht, und weil die Reimwörter nie am Ende der Zeilen stehen, entscheidet sie sich für die viel modernere Form der freien Rhythmen, Mrs. Clinton und mehrere Mrs. Rodriguez füttern Katzen, die ihnen nicht gehören, und Bill Bloomfield wälzt sich in seinem Bett, weil ihm noch kein Sonderangebot für die nächste Woche eingefallen ist. Früher hatte er immer mit seiner Frau über dieses Problem nachdenken können, und Florence war mehr als einmal die rettende Lösung beigekommen. ›Das mit den Katern war nichts‹, sagt er sich. Er denkt an alle möglichen Tiere, an Hamster, Pferde, Kaninchen, Stinktiere, an Waschbären und Hunde – dann hat er eine Idee. *Jungen Boxern den Schwanz kupieren, $ 10.* Das ist gut. Gibt weniger Arbeit und weniger Durcheinander. Bist du einverstanden, Florence?‹

Wie man seine Mutter zum Discountpreis beerdigen läßt

Nachdem Bisbees einzige Eisdiele versagt hatte, beschloß Mrs. Reutter, die Eigentümerin jener gewerblichen Räumlichkeiten, das Heft selbst in die Hand zu nehmen. Sie erwarb von einem Trödelhändler in Palominas, Arizona, einen Kühlschrank, einen Herd, acht Tische und 22 Stühle, das Geschirr und Besteck der kürzlich verstorbenen Witwe des Feuerwehrhauptmanns, ein paar Pfannen und Töpfe, die man nur noch hätte entrosten müssen, sowie drei brandneue Tischdecken, ein Sonderangebot der Firma Woolworth.

Die Gaststätte Cowboy's Delight ging selbst den abgebrühtesten Hippies über die Hutschnur. Es war wohl das einzige gastronomische Unternehmen der Welt, das kein Gast je ein zweitesmal betreten hatte. Bei meinem ersten Besuch in Bisbee hatte auch ich einmal versucht, dort eine Mahlzeit zu verzehren, aber diese Pizza nach Art des Hauses war ein qualliger Fladen, ein Restbestand aus einer pleitegegangenen Pappefabrik, auf dem schleimigen Grund kringelten sich ein paar Salamischeibchen und vertrocknete Sardellen, geizig umgeben von zerlaufenem Käse und braunem Ketchup. Während ich bemüht war, ein paar Bissen dieser infernalischen Pizza reinzuwürgen, stand Mrs. Reutter mütterlich an meinem Tisch, Mrs. Reutter, Besitzerin, Köchin und Kellnerin in einer Person, schwitzend und fettig in ein schmutzstarrendes Kleid gehüllt, über das sie eine krustige Schürze geschnallt hatte.

»Schmeckt's?«, fragte sie.

»Mhm«, sagte ich mit roten und tränenden Augen.

»Das freut mich«, sagte Mrs. Reutter und schlurfte zurück in die Küche, die durch eine gnädige Wand dem Auge des Gastes verborgen blieb.

Cowboy's Delight ging nicht nur über die Hutschnur der Hippies, sondern strapazierte auch allzu arg die Toleranzbereitschaft der Gesundheitsbehörde, der Baubehörde, der Feuerwehr und der Versicherung. Das Lokal wurde in seltener Eintracht der Behörden geschlossen. Mrs. Reutter zog fluchend und verbittert nach Tucson, wo sie dem wirtschaftlichen Aufschwung Bisbees entgegenfiebert, denn sie besitzt nicht nur das Gebäude, das einst ihr klebriges Restaurant beherbergte, sie nennt auch ein Dutzend Häuser und ein ehemaliges Hotel ihr eigen. Mrs. Reutters Immobilien stehen leer und verrotten, selbst lukrative Kaufangebote schlägt die gescheiterte Gastronomin aus, hat sie doch von den geradezu phantastischen Preisentwicklungen in New York gehört, wo manche Baulichkeiten, die vor wenigen Jahrzehnten für ein paar tausend Dollar zu haben waren, heute Millionenbeträge erzielen. Kein Zweifel, irgendwann würde auch Bisbee von dieser Welle bizarren Wachstums erfaßt werden.

Mrs. Reutter hat Zeit, weil sie Geld hat. Niemand weiß, wie sie zu Wohlstand und Reichtum gelangt ist, es kursieren da einige Gerüchte, mit denen wir uns nicht abgeben wollen, fest steht nur, daß Cowboy's Delight nicht das Samengut ihres Mammons war. Fest steht auch, daß sie keinen verschwenderischen Lebensstil pflegt, vielmehr die geizigste Vettel des gesamten Südwestens ist. Es gibt nichts, das es irgendwo nicht noch billiger gibt – dieser Überzeugung war und ist sie verfallen, die Ingredienzien ihrer Menüs hatten schauerliches Zeugnis jener Hypothese abgelegt. In Bisbee ist alles zu teuer – Salamis, Pizzateig, Salatköpfe, Kaffee, Eier – und Beerdigungen.

Mrs. Reutters Mutter hatte die Augen zur ewigen Ruhe geschlossen, als die tröstliche Tochter Mr. Mortimer anrief, um ihn mit den Beerdigungszeremonien zu beauftragen; die sterbliche Hülle der Verstorbenen sei abzuholen, festlich einzukleiden und baldmöglichst mit Musik und Blumen unter die Erde zu bringen. Mr. Mortimer und seine Sekretärin transportierten den Leichnam ab, und kaum eine halbe Stunde später fiel Mrs. Reutter ein, daß sie vergessen hatte, sich einen Kostenvoranschlag geben zu lassen. Sie griff zum Telefon, läutete Mr. Mortimer an und bat um eine Preisvorstellung.

»2000 Dollar«, sagte Mr. Mortimer.

»Was?!«, schrie Mrs. Reutter. »Sind Sie noch bei Trost? Ich weiß ein Beerdigungsinstitut in San Diego, das keine 600 Dollar verlangt.«

»Wir sind in Bisbee und nicht in San Diego«, sagte Mr. Mortimer kühl, »ich habe meine Festpreise, keinen Rabatt für wen auch immer.«

»Rühren Sie meine Mutter nicht an«, schnaubte Mrs. Reutter, »ich hole sie sofort wieder ab.«

Sie fuhr runter zur Bar St. Elmo's, angelte sich zwei Hippies, denen sie eine angemessene Entlohnung versprach, fänden sie sich bereit, die entseelte Mutter aus Mr. Mortimers Institut zu entfernen und zurück in die Kammer ihres letzten Siechtums zu befördern. Die beiden Hippies erledigten ihren Auftrag, worauf Mrs. Reutter in den Schränken, Schubladen und Truhen nach feierlicher Kleidung wühlte. Sie fand, was sie suchte, Genähtes und Gestricktes, Spitzen und Geklöppeltes nach Urmütter Hausrat, etwas verstaubt und mottenlöchrig zwar, dennoch sah Mrs. Reutters Mutter gegen vier Uhr nachmittags schmuck und erhaben aus, ein wenig bunt und überladen vielleicht, doch keinesfalls unwürdig. Die Hippies schafften den Leichnam auf den Beifahrersitz des gebrauchten Fords von Mrs. Reutter, und Mrs. Reutter schnallte ihre blasse Mutter an, stellte die Aircondition auf ihr eisiges Maximum und fuhr durch die Wüsten von Arizona und Südkalifornien nach San Diego, jener Discountpietät entgegen, wo Beisetzungen noch preiswert zu haben waren.

Der Bär

Nachdem der Bär zwölf Jahre lang als freischaffender Hypnotiseur in Wiesbaden, West-Germany, gewirkt hatte, drängte es ihn wieder in die Neue Welt. Dort angekommen, erwarb er einen Lastwagen und machte sich auf die Suche nach einer geeigneten und endgültigen Bleibe. Unterwegs füllte er den Lastwagen mit Gelegenheitskäufen, denn seine neue Heimat, wo immer sie auch sein möge, sollte ein abgelegenes, kleines Städtchen sein, fern jeder Metropole, ein Ort jedenfalls, der dem Konsumterror noch nicht anheimgefallen war, ein Ort mit begrenzten Einkaufsmöglichkeiten. Da empfahl es sich, rechtzeitig den notwendigen Hausrat anzulegen. Und tatsächlich – in Vermont fand der Bär eine gebrauchte Bratpfanne für 50 Cent, in Ohio für den nämlichen Betrag einen porösen Gartenschlauch und vier henkellose Tassen, in Nebraska gelang es ihm, zwei Matratzen für den Spottpreis von 1 Dollar zu erwerben, kaum mehr hatte er in Oregon für die beiden Stuhlgestelle löhnen müssen, und die Tischplatte und die leicht angerosteten Suppenlöffel in Kalifornien waren sogar noch billiger gewesen. Der Lastwagen füllte sich, und der Bär lenkte ihn durch die Wüsten von Nevada, Utah und Arizona, keinen Flohmarkt auslassend, er handelte und feilschte und kaufte Gaskocher und Fahrradgabeln und Sofas und zwei Dutzend linker Schuhe und gebrauchte Zahnbürsten und ein Gewehr und Bettdecken und unglaubliche Leintücher und eine Gitarre ohne Saiten. Aber das war nicht alles – auf seiner langen Reise hatte er eine erstaunliche Anzahl Frauen kennengelernt. Drei dieser Frauen schlossen sich dem Bär auf seiner Suche nach dem idealen Wohnort an und nahmen ihre Kinder gleich mit und obendrein waren sie allesamt schwanger, als sie in Bisbee, Arizona, eintrafen.

Das war ja ein ganz außerordentliches Städtchen, in das sie da durch reinen Zufall gelangt waren! Sie hörten sich um und erfuhren, daß hier an 290 Tagen im Jahr die Sonne scheint, daß man hier für den Gegenwert einer New-Yorker-Monatsmiete ein Haus kaufen kann und daß die zahlreichen Mineralien, die Gold- und Silberadern, die reichen Türkisvorkommen, auf denen Bisbee gebaut ist, und die in den Bergen der Umgegend offen und versteckt lagern, der schiere Balsam für die Seele seien, ein Segen für den meditativ veranlagten Menschen, den es nach kosmischen Erkenntnissen dürstet. Kurz entschlossen kauft der Bär ein Haus auf Brewery Gulch, kein Palast, aber für 250 Dollar kann man schließlich nicht die Welt verlangen. Wenn man da wieder Fenster und Türen einsetzt, die Löcher im Dach abdeckt, die Wände und Fußböden repariert, kann das recht wohnlich werden. Der Bär und die Frauen laden den Hausrat aus dem Lkw in die Hütte und werden innenarchitektonisch aktiv.

Nach einem Monat erhält der Bär die erste Stromrechnung. Er kann es nicht glauben – 12 Dollar!

»Sind die verrückt geworden?!«, brüllt er.

Wenig später wird er mit der Wasserrechnung konfrontiert – 8 Dollar. Das ist zu viel, das ist einfach nicht zu fassen. Er versammelt die Frauen und Kinder um sich, will der Sache auf den Grund gehen.

»Da ist was faul«, sagt er, »oberfaul sogar.«

»Wir haben nur eine Lampe und der Elektroherd ist nicht angeschlossen und Warmwasserbereiter und eine Heizung haben wir nicht«, sagt Maria, die Hauptfrau. »Vielleicht liegt ein Irrtum vor.«

»Und die Wasserrechnung?«, ruft der Bär. »Liegt da auch ein Irrtum vor?« Er sieht die Kinder scharf an. »Wie oft wascht ihr euch?«

»Nie!«, versichert der Kinderchor. »Ehrenwort, wir waschen uns nie.«

»Wenn man euch Rotznasen glauben darf«, sagt der Bär. »Kaum dreht man euch den Rücken zu, dreht ihr den Wasserhahn auf und wascht euch von Kopf bis Fuß.«

»Zeig mir die Rechnungen«, sagt Maria.

Der Bär holt die Rechnungen und gibt sie Maria.

»Da haben wir es«, sagt sie. »Strom: Grundgebühr 10 Dollar, Verbrauch 2 Dollar. Wasser: Grundgebühr 7 Dollar 50, Verbrauch 50 Cent.«

Der Bär läuft violett an. Er holt sein Gewehr, geht hinter das Haus und schießt mehrere Salven in die städtischen Wasser- und Elektrozähler. Die Herren vom Elektrizitäts- und Wasserwerk werden vorstellig, der Bär vertreibt sie mit seiner Flinte vom Grundstück; der Polizei ergeht es nicht viel besser. Eine Woche später wird der Bär im Schlaf überrascht, verhaftet und in Untersuchungshaft geworfen. Zwei Jahre Gefängnis ohne Bewährung lautet das harsche Urteil.

Obwohl das Gefängnisleben eher eintönig und langweilig ist, waren diese beiden Jahre nicht frei von einschneidenden Ereignissen. Im ersten Jahr hauten die beiden Nebenfrauen unter Zurücklassung ihrer Kinder ab, und im zweiten Jahr wurde der Bär eines nachts in seiner Zelle erleuchtet. Der Leibhaftige himself erschien am Fußende seines Bettes und beauftragte ihn, die *Independent Church of America* zu gründen. Er, der Bär, sei zum Oberhaupt dieser Kirche auserwählt. Maria holte ihn ab, als er entlassen wurde, und ihr Bär war voller Tatendrang und selten guter Laune.

»Jesus hat mir befohlen, umgehend eine neue Kirche zu gründen«, sagte er. »Und stellt dir vor, ich bin der Vater, ich bin der Papst dieser Kirche.«

»Ich bin ja so stolz auf dich«, sagte Maria. »Aber ruh' dich erstmal ein wenig aus.«

»Ich hab' mich lange genug ausgeruht«, sagte der Bär, »wir fangen noch heute Nachmittag an, die Kirche zu gründen. Keine Sekte, verstehst du, sondern eine richtige Kirche.«

Die *Independent Church of America* hat noch nicht jene Massen in Bewegung gesetzt, die Jesus im Auge gehabt haben mochte, als er in des Bärs Gefängniszelle erschien. Die *Independent Church of America* zählt bis heute acht Mitglieder.

Päpste mag ich nicht, von wenigen Ausnahmen abgesehen – Johannes XXIII. und den Bär.

Die neuesten Antiquitäten

Es gibt Alkoholiker, es gibt Drogenabhängige, es gibt auch Antiquitätenbesessene. Betsy Pope ist ein gutes Beispiel. Sieht sie irgendwo ein Stück, das älter als ein halbes Jahrhundert ist, muß sie es besitzen. Dabei spielt es keine Rolle, ob der Eigentümer sich von dem Stück trennen will oder nicht, Betsy kauft es. Regelmäßig kommt der Zeitpunkt, da der Eigentümer Betsys Suada nicht mehr gewachsen ist und entnervt, am Ende seiner Kräfte einschlägt – aussichtslos, diese dynamische, etwa 60-jährige Dame auf andere Weise loszuwerden.

Betsy wohnt in einem stillgelegten Schulhaus. Die ehemaligen Klassenzimmer, das Lehrerzimmer, das Büro des Herrn Direktor sind vom Boden bis zur Decke mit antikem Mobiliar, Hausrat und Kunstwerk vollgestopft, auch das Häuschen des Hausmeisters am Ende des Gartens, das als Schlafgemach dient. Ein Weg aus Granitplatten führt vom Hinterausgang des Schulhauses zur Schlafstatt, an Goldfischteichen vorbei, die mit mexikanischen Töpfen und gefälschten, römischen Statuen gesäumt sind. – Betsy besitzt Bisbees feinstes Hotel, eine Übernachtung kostet ein mittleres Vermögen, dafür nächtigt man in Zimmern, in denen der Pfad zum antiken Bett mit antiken Tischen, Sesseln, Teppichen, Ottomanen, Kanapees, Kleider- und Schirmständern, Kommoden, Standspiegeln und Spinnrädern gepflastert ist. Und auf den Tischen und Kommoden stehen Trichtergrammophone und Vasen und Mörser und Kerzenhalter, und an den Wänden hängen antike Ölgemälde, trefflich gestaltete Szenen aus der glorreichen Vergangenheit des Wilden Westens: Rindermarkt in Austin, Nächtliches Cowboylager, Ende eines Rinderdiebs. Ferner hängen an den Wänden ausgestopfte Elch- und Büffelköpfe, die glasäugig über des wohlhabenden Gastes Schlaf wachen. In diesen Zimmern ist alles, was auch immer, zu verkaufen. Sogar das Bett, in dem man genächtigt hat, kann man erwerben und mit nach Hause nehmen. Betsy braucht Geld, viel Geld. Vor allem, wenn sie nach Europa reist, um Antiquitäten zu kaufen. Ein paar Monate später kommen dann die Containerladungen aus England, Irland, Frankreich und Spanien an. Das Zeug wird entladen und ausgepackt – und jedesmal die gleiche Katastrophe: die Sachen, die sie gekauft hat, sind entweder schadhaft oder brandneu. Sie ruft Glenn McBribe, ihren Restaurator an, er soll sofort herkommen, eine Menge Arbeit warte auf ihn, die alten Sachen müßten repariert, die neuen auf alt getrimmt werden. Da sind Sessel ohne Beine, Truhen, die nur noch von den Holzwürmern zusammengehalten werden, Barockschränke aus Sperrholz, antike Vasen, die vor wenigen Wochen die Töpferei verlassen haben.

»Ich dachte immer, daß Betsy eine Menge von Antiquitäten versteht«, sagte ich.

»Tut sie auch«, sagte Glenn, »aber sie ist extrem kurzsichtig, so gut wie blind, und weigert sich, in der Öffentlichkeit ihre Brille aufzusetzen, selbst wenn sie auf Einkaufstour in Europa ist. Wenn dann der ganze Schrott hier ankommt, ruft sie mich an, den Tränen nahe, verflucht ihre verfluchte Eitelkeit, bittet mich, sofort runterzukommen und Kostenvoranschläge zu machen. Sie weiß, daß meine Arbeitsstunde 20 Dollar kostet, es ist ihr egal. Ich transportiere den Plunder in mein Haus und tue mein Bestes, ich säge, leime, poliere, furniere, ersetze da ein Stuhlbein, dort einen mottenzerfressenen Bezug, ich habe dich nur noch nicht in mein Haus eingeladen, weil es ständig von Betsys Günstigeinkäufen überquillt. Ich zwänge mich zwischen Schränken, Himmelbetten und Ausziehtischen zu meinem Bett, das Haus gleicht einer Trödelhandlung, einer Müllkippe, wenn ich Betsy endlich überredet habe, ihre Brille zu benutzen, lade ich dich ein, Ehrenwort.«

Dieser Glenn McBribe hatte sein Handwerk in Phoenix, Arizona, erlernt, wo er einige Jahre lang Inhaber eines florierenden

Antiquitätengeschäfts gewesen war. Seine samstäglichen Mitternachtsauktionen waren sehr beliebt, zumal er den anwesenden Interessenten kostenfrei stark alkoholische Getränke servierte. Während der folgenden beiden Tage war Glenn immer damit beschäftigt, der Kundschaft die ersteigerten Möbel anzuliefern. Diesen Sessel mit den Holzarmlehnen zum Beispiel. Dreißig Meilen außerhalb der Stadtgrenze wohnte die Kundin, deren Haus er sich schon eine gute Strecke genähert hatte, als ein Lastwagen in die Kreuzung schoß und er plötzlich scharf bremsen mußte. Ein dumpfer Schlag – offenbar war der Sessel umgekippt. Glenn fuhr seinen Lieferwagen auf einen Parkplatz und sah nach. Er hatte sich nicht getäuscht. Das gute Möbel war umgefallen und hatte sich eine üble Schramme auf der rechten Armlehne zugezogen. Scheiße. Was tun? In den Laden zurückfahren, um den Schaden zu beheben, kam nicht in Frage, zumal die Rushhour gerade begonnen hatte. Das würde Stunden dauern. Also ging Glenn in ein Restaurant und bestellte ein Steak mit extra viel Bratensaft. Er verspeiste das Steak bis auf einen daumenbreiten Rest, den er gründlich in dem Saft walkte. Das poröse Fleisch saugte sich voll, und Glenn zahlte und ging zu seinem Laster und bearbeitete die Stuhllehne. Er rieb und rubbelte über die Schramme, bis diese unter Fleischesnaß und -tunke verschwunden war. Selbst der Farbton stimmte, es war nichts mehr zu sehen. Glenn lieferte den Sessel ab, kassierte die Restsumme, badete sich ein wenig im Lob und Preis der Kundin und begab sich auf den Rückweg. Kaum in seinem Laden angekommen, läutete das Telefon.

»Mr. McBribe, Sie müssen sofort zurückkommen und den Sessel wieder abholen.«

»Das verstehe ich nicht.«

»Ich auch nicht«, sagte die erregte Kundin. »Nachdem Sie den Sessel abgeliefert hatten, bin ich einkaufen gegangen und als ich zurückkam, ich weiß wirklich nicht, wie das passieren konnte, hatte mein Hund die rechte Armlehne aufgefressen.«

Wenig später ist Glenn nach Bisbee gezogen und hatte das Glück, sogleich Betsy Pope, die kurzsichtige Antiquitätenhändlerin kennenzulernen, was ihm nicht nur Arbeit und ein gesichertes Einkommen bescherte, sondern ihn auch zur autodidaktischen Ausweitung seiner restaurierenden, beizenden, flickenden und fälschenden Fähigkeiten zwang. Inzwischen kann er sogar in verrottete Musikinstrumente wieder Wohlklang zaubern, ein Talent, das offenkundig wurde, nachdem Betsy Pope mit zwei Dutzend abgewirtschafteten Pianofortes aus Portugal zurückgekehrt war.

Wenn Betsy Pope, dieses Bündel aus Energie, Geldgier, Charme und Größenwahn, in ihrer blonden Perücke und ihren Cowboystiefeln Main Street entlangschreitet, gehen die Straßenlaternen automatisch an und laden sich die Autobatterien auf, so sagt man wenigstens. Nicht selten ist ihr Ziel auf Main Street die First Interstate Bank, in der ich oft bescheiden und untertänig um einen Kleinkredit nachgesucht habe, um stets mit der Versicherung tiefsten Bedauerns abgewiesen zu werden. Betsy ist genauso pleite wie ich, aber ihre Technik Kreditwünsche zu äußern, unterscheidet sich wesentlich von der meinen. Wie ein Schneepflug dringt sie in die Bank, schiebt die niederen Angestellten zur Seite und walkt zum Schreibtisch des Direktors.

»Honey«, sagt sie, »ich brauche einen 20.000 Dollar Kredit. Es genügt, wenn ich die Piepen um drei Uhr habe.«

Der Direktor kommt nicht mal auf die Idee, ihre Forderung abschlägig zu behandeln.

Betsys Freund, der Rancher Ed Hunter, steht in der Küche der ehemaligen Schule und kocht zehn Gallonen Bohnensuppe. Er rührt um und schmeckt ab. Wie üblich fehlt Salz. Er schüttet eine Ladung nach und krönt seine Würzkunst mit Chilipulver und einem halben Liter Tabasco. Selten hat er eine bessere Bohnensuppe komponiert, es wäre ein Frevel, sie alleine zu essen, niemand sonst an dieser lukullischen Großtat teilhaben zu lassen. Er ruft Betsy in der Hotelbar an.

»Hör zu«, sagt er, »ich hab hier eine Suppe in Arbeit, die wirklich vorzüglich ist. In zwei Stunden ist es soweit. Bring alle Gäste aus der Bar mit.«

Betsys Einladung klingt wie ein Befehl. Wir machen uns auf den Weg. Ed hat den Tisch bereits gedeckt. Die Suppe ist so scharf, daß sie den Gästen beim ersten Löffel 50 Prozent ihrer Innereien wegätzt. Dennoch bekommt Ed ein Kompliment nach dem anderen.

»Ed, du hättest Koch werden sollen.«

»Verrätst du mir das Rezept?«

»Das ist besser als in jedem 3 Sterne Restaurant.«

Alkohol wird aufgefahren: Bier, Wein, Whisky.

»Betsy, kann ich eine Cola haben?«

»Tut mir leid, alkoholfreie Getränke gibt es in diesem Haushalt nicht.«

»Nach Bohnensuppe kann ich nicht schlafen«, sagt Ed, »und wenn ich nicht schlafen kann, muß ich trinken. Verdammt, das wird eine kurze Nacht, dabei hab ich morgen früh eine Verabredung in Mexiko.«

»Was machst du in Mexiko?«

»Ich kauf eine neue Rinderherde für meine Ranch in Texas.«

»Ed, was soll das? Willst du allmählich nicht mal ein wenig leisetreten? Immerhin feierst du nächsten Monat deinen 89. Geburtstag.«

»Ich kauf morgen die Rinderherde. Ich hab keine andere Wahl, ich muß für meine Zukunft sorgen.«

Um drei Uhr nachts sacken die ersten Gäste zusammen, sind nicht länger fähig, dieser Kombination aus Bohnensuppe, berauschenden Getränken und Betsys und Eds völligem Mangel an Schlafbedürfnis standzuhalten. Sie schleppen sich mit letzter Kraft zu ihren Autos, fahren halbtot nach Hause. Die restlichen Gäste tun es ihnen bald gleich oder verkrümeln sich in die weiland Klassenzimmer, um auf einem antiken Büffelhornsofa oder einer irischen Barockcouch aus dem Jahre 1984 etwas Schlaf zu erhaschen.

»Endlich sind wir allein«, sagt Ed.

»Ja, endlich«, sagt Betsy.

»In drei Stunden muß ich aufstehen«, sagt Ed, »aber ich komme mit zwei Stunden Schlaf aus.«

»Das heißt ...?«, sagt Betsy.

»Das heißt«, sagt Ed, »daß wir noch eine Stunde haben.«

Und sie stehen auf und nehmen sich bei der Hand wie einst Charlie Chaplin und Paulette Goddard und gehen durch den Garten, vorbei an Goldfischteichen und römischen Statuen, dem ehemaligen Hausmeisterhäuschen entgegen.

Die wirkliche Welt (Eins)

Da tauchte eines Tages ein großer, dickbäuchiger, unansehnlicher Mann in der Taverne auf, weder die angesehenste noch die appetitlichste Kneipe des Südwestens, doch mit einer treuen Stammkundschaft, die aus Gammlern und Tagedieben komponiert ist. Der dicke, unansehnliche Mann – Anfang 30, Bluejeans, vertrielertes T-Shirt, Cowboyhut – war kein Tourist, kein kürzlich Zugezogener, so viel war klar, andererseits hatte man ihn noch nie vorher gesehen. Er kam jeden Tag, war pünktlich zur Stelle, wenn die Taverne öffnete. Irgendetwas stimmte da nicht, die Stammgäste machten sich auf Wahrheitssuche, wollten hinter das Geheimnis, die Geschichte des neuen Stammgastes kommen. Es dauerte ein Weilchen, ehe sich ein brauchbares Bild formte, zusammengesetzt aus den wirren Reden des Mannes, aus Gerüchten und glaubhaftem Zeugnis alteingesessener Bisbee-Bürger.

Vor ein paar Monaten war ein ehemaliger Minenarbeiter gestorben, der vor Jahrzehnten nach Bisbee gekommen war, als diese Stadt noch ein blühendes, reiches, zukunftsträchtiges Gemeinwesen war. Dieser Minenarbeiter hatte hier nicht nur einen Job, sondern auch eine Frau gefunden, die ihm einen Sohn gebar und verschied. Der Vater zog das Kind groß so gut er konnte, und als es in die Schule kam, stellte sich heraus, daß es leicht schwachsinnig war. Der Sohn lernte lesen, aber nicht schreiben und war ansonsten der Schuldepp, der von den anderen Kindern geschlagen, verprügelt und bis zum Wahnsinn gehänselt wurde. Da beschloß der Vater, den Sohn, zumal er sich seiner schämte, aus dem Verkehr zu ziehen. Er sperrte ihn in ein Zimmer seiner Wohnung und versorgte ihn mit Nahrung und Büchern. Er gab ihm die Romane von Alexandre Dumas père zu lesen, die Geschichten von Sir Arthur Conan Doyle, und den Roten Freibeuter von Cooper.

So wuchs er heran, wurde ein Jüngling, wurde ein kräftiger Mann, aber sein Zimmer durfte er nie verlassen. Er saß in seinem Sessel oder an seinem Tisch und löffelte die Breichen oder Suppen oder aß die Sandwiches und er blickte aus dem Fenster, aber die meiste Zeit verbrachte er lesend, er las die Abenteuer- und Kriminalgeschichten, die sein Vater ihm regelmäßig schenkte, es dauerte Monate bis er ein Buch zu Ende hatte, da er mit dem Zeigefinger Zeile für Zeile folgen und jede Silbe stumm mitsprechen mußte. Allmählich formte sich ein Weltbild: offenbar bestand die Erde aus Wasser und aus Land. Da wie dort gab es gute und schlechte Menschen. Auf dem Wasser herrschte der Rote Freibeuter und sorgte für Ordnung, auf dem Land sah es sehr viel komplizierter aus; da gab es Gangster, Diebe, Verbrecher und Spitzbuben aller Schattierungen, aber immerhin auch Sherlock Holmes und die Drei Musketiere, die in letzter Sekunde alles wieder ins Lot brachten. Zweifellos lebte er in einer Welt, in der die Gerechtigkeit und das Gute immer siegen.

Dann starb der Vater, und nach ein paar Tagen, als er zu riechen angefangen hatte, drang die Polizei in die Wohnung, holte den toten Vater ab und entließ den Sohn in die Freiheit. Da war sein Bisbee, das er bislang nur von dem Blick aus seinem Fenster gekannt hatte. Und er ging die Main Street entlang und geriet in die Taverne und fühlte sich bald erstmals außerhalb seines Hauses zu Hause.

Die Gäste tranken Bier. Ja, Bier kannte er, aber er wußte nicht, daß man es auch tagsüber und an ganz normalen Werktagen trinken konnte. Sein Vater hatte immer nur am Samstagabend zwei oder drei Flaschen getrunken und ihm manchmal etwas abgegeben. An diesem seinem ersten Tag in der Freiheit und in der Taverne machte er noch eine andere Entdeckung – wenn man mehrere Bier hintereinander trank, zeitigte das eine seltsame, keineswegs unangenehme Wirkung.

»Ich heiße Joe«, stellte sich ihm sein Thekennachbar vor.

»Leider kann ich Ihnen nicht sagen, wer ich bin«, sagte der neue Gast. »Ich bin hier in geheimer Mission.«

»Tatsächlich?«, sagte Joe.

»Ja, ich muß den Fall eines rothaarigen Klienten lösen. Wenn du mir versprichst, niemandem etwas zu verraten, enthülle ich dir meine Identität.«

»Ehrenwort«, sagte Joe. »Ich kann schweigen wie ein Grab.«

»Mein Name ist Sherlock Holmes«, flüsterte der Mann.

»Alle Achtung!«, rief Joe. »Es ist mir eine große Ehre, Mr. Holmes.«

Am Abend geht Mr. Holmes nach Hause. Eigentlich könnte er jetzt die ganze Wohnung für sich beanspruchen, aber er gibt sich mit seinem Zimmer zufrieden. Er legt sich aufs Bett und nimmt ein Buch zur Hand; die Zeilen verschwimmen, die Buchstaben lösen sich auf und fangen zu tanzen an.

›Wenn ich einmal nicht mehr bin‹, hatte der Vater immer gesagt, ›bist du auf dich selbst gestellt, dann heißt es, hinaus in die wirkliche Welt.‹

Das also war die wirkliche Welt – man konnte das Haus verlassen und Bier trinken gehen, aber man konnte nicht mehr lesen. Das war nicht weiter schlimm, er kannte die Romane ohnehin auswendig. Bisbee, die Taverne war eine andere Art Roman, ein Roman ohne Buchstaben.

Am nächsten Tag geht er wieder in die Taverne.

»Hi, Sherlock«, begrüßen ihn die Gäste.

»Wo ist das Polizeirevier?«, fragt der Meisterdetektiv den Wirt.

»Main Street runter und am Kino vorbei.«

Sherlock macht sich auf den Weg und wenige Minuten später wird er auf der Wache vorstellig.

»Mein Name ist Sherlock Holmes«, sagt er mit bedeutender Miene. »Ich bin gerade mit dem Fall des gefleckten Bandes beschäftigt und wollte Ihnen nur sagen, daß es äußerst wichtig ist, daß Sie sich nicht einmischen. Ich stehe kurz vor der Lösung.«

Solche Besuche verwundern keinen Polizisten in Bisbee.

»Keine Sorge«, sagt der diensthabende Beamte. »Wir wissen, daß wir Ihnen nicht das Wasser reichen können, Mr. Holmes.«

Auf dem Rückweg zur Taverne kommt Sherlock an der Redaktion der Bisbee Review vorbei. Er geht rein.

»Sie wünschen?«, fragt die Sekretärin.

»Ich wünsche, daß Sie nicht über mich schreiben, daß Sie keine Silbe über meine Anwesenheit in der Stadt verlauten lassen.«

»Und wer sind Sie?«

»Ich bin einer der Drei Musketiere. Ich mache mich noch heute Nacht auf den Weg, die Prinzessin zu warnen.«

»Viel Glück«, sagt die Sekretärin.

Er bleibt ein wenig auf der Straße stehen, lehnt sich gegen eine Hauswand und läßt sich von der Sonne wärmen. Dann geht er zurück zur Taverne und bestellt ein Bier.

»Macht 60 Cent«, sagt der Wirt.

»Ich dachte«, sagt Sherlock Musketier, »daß der Präsident der Vereinigten Staaten umsonst bewirtet wird.«

»Übertreib's nicht«, sagte der Wirt. »Irgendwo ist die Grenze, selbst in Bisbee.«

Die wirkliche Welt (Zwei)

Wäre die Bar St. Elmo's 24 Stunden am Tag geöffnet, bräuchte man keine Wohnung. Doch leider ist im Staate Arizona um 1 Uhr nachts Polizeistunde. Die Zeit zwischen Polizeistunde und dem folgenden Mittag, wenn die Bar wieder ihre Pforten der durstigen Kundschaft öffnet, wird am besten schlafend überbrückt, und dazu tut es ein alter Ford, zumal wenn er St. Elmo's genau gegenüber geparkt ist. Eine Liegestatt auf vier alten, spiegelglatten Reifen, rostig und leeren Tanks. Ein Kraftfahrzeug, das man nicht fährt, ist günstig im Benzinverbrauch und kostet keine Versicherung. Man schläft, schließlich muß der Mensch schlafen, und man wacht auf, Stunden ehe St. Elmo's, die eigentliche Wohnung, die Heimat und traute Bleibe wieder Einlaß gewährt. Wie verbringt man die Zeit? Man schreibt Gedichte, schließlich muß der Mensch Gedichte schreiben, vor allem, wenn er in Bisbee mit seinen 8000 Einwohnern lebt, wovon 1000, grob geschätzt, im Vorschul- oder Säuglingsalter, und weitere 1000 Analphabeten sind. Der Rest, ob berufstätig oder nicht, ob arbeitslos oder freischaffend, ob pensioniert oder gerade des Buchstabierens kundig, der Rest produziert Lyrik, Tag und Nacht, gnadenlos. Rusty, der Ford-Bewohner und treueste Trinker in St. Elmo's war einer der ganz wenigen, die gute Gedichte schrieben. Wenn ein Gedicht fertig war, wenn es ihm vollkommen schien, interessierte es ihn nicht mehr. Er hat nie etwas eingeschickt, keine Zeile veröffentlicht.

Rusty jobbte und soff und dichtete sich durch's Leben. Er las viel und war umfassend gebildet. Er war der einzige Gast, der in St. Elmo's auf Kredit trinken durfte, da er als arbeitswillig galt und tatsächlich ab und an einen Gelegenheitsjob fand. Greifen wir ein willkürliches Beispiel heraus – das Gemäuer des Postamts mußte gesäubert werden.

»Hör zu«, sagte der Oberpostmeister, »ich habe den Segen des Bürgermeisters; die Stadt versorgt dich mit einem Gerüst, mehreren Wurzelbürsten und zwei fleißigen Mexikanern. Ihr habt zwei Tage Zeit, dann ist das Gebäude wieder blitzblank, verstanden?«

»Verstanden«, sagte Rusty.

Und die beiden folgenden Tage saßen und standen und knieten Rusty und die Mexikaner auf dem Gerüst und schrubbten das Postamt, und Rusty mit seiner lauten, durchdringenden Stimme redete pausenlos auf die armen Mexikaner ein, die kein Wort Englisch verstanden.

»Wir tun alle, was wir können«, sagte er, »aber wir sind keine Genies, in diesem Jahrhundert hat es nur ein Genie gegeben – Albert Einstein. Jede wissenschaftliche Leistung verblaßt gegen die Relativitätstheorie, wobei wir allerdings zwischen der speziellen und der allgemeinen Relativitätstheorie unterscheiden müssen.«

»Si, Señor«, sagten die Mexikaner.

»Eine wesentliche Grundlage der speziellen Relativitätstheorie bildet das Relativitätsprinzip, die sogenannte Lorentz-Transformation, die das klassische Relativitätsprinzip der Galileitransformation ersetzt. Die Lorentz-Transformation vermittelt den Übergang von einem Bezugssystem zu einem anderen, relativ zu ihm mit gleichförmiger Geschwindigkeit ...«

»Si, Señor.«

»Ich kann das an einem ganz einfachen Beispiel erläutern: Der Gang einer bewegten Uhr ist für den ruhenden Beobachter langsamer als für einen mitbewegten Beobachter. Die Ausbreitungsgeschwindigkeit des Lichts im Vakuum ist aber stets gleich c, unabhängig vom Bewegungszustand der Lichtquelle oder des Beobachters. Die alten Begriffe Raum und Zeit waren einschneidend verändert worden und mußten neu definiert werden ...«

»Si, Señor.«

Ehe Rusty zur Erläuterung der allgemeinen Relativitätstheorie kam, war das Gemäuer gesäubert und das Postamt war sauber wie selten zuvor. Und Rusty hatte Geld. Wenn man Geld hat, gibt es drei Möglichkeiten – man investiert es, um sich in näherer oder fernerer Zukunft zinsgetriebenen Segens zu erfreuen, oder man teilt sich die Summe ein, braucht täglich ein Scheibchen, ein Portiönchen auf und kann sich ausrechnen, wann man wieder vor dem finanziellen Ruin stehen wird, oder man subventioniert ein rauschendes Fest in St. Elmo's, lädt Freund und Feind zu Bier und Whisky ein, schmeißt Lokalrunden und läßt, wie man so sagt, die Puppen tanzen. Und am Montag steht man wieder vor dem Nichts. Man hat Hunger, aber kein Geld, sich etwas zu kaufen, man ist auf der untersten Stufe der sozialen Leiter angelangt. Vielleicht geht es irgendwann mal wieder bergauf, zunächst aber bleibt einem nichts anderes übrig, als die Mülltonnen der Restaurants nach den Brosamen, die von der Reichen Tische fielen, zu durchsuchen.

Der Koch und Mitinhaber der Copper Queen, jenem feinen Hotelrestaurant, blickt aus dem Küchenfenster und traut seinen Augen nicht. Da macht sich doch tatsächlich jemand an den Mülltonnen zu schaffen, wühlt nach Essensresten. Aber auch der Inhalt einer Mülltonne ist Privatbesitz, und das ganze wirtschaftliche System der Vereinigten Staaten ist auf dem Prinzip der Unantastbarkeit des Privatbesitzes aufgebaut. Wo kämen wir hin, wenn sich jeder am Eigentum seiner Nachbarn vergreifen dürfte? Das wäre der Anfang vom Ende, das hieße, dem Kommunismus Tür und Tor öffnen. Wenn man den Anfängen nicht wehrt, werden hier bald Zustände wie in Nicaragua oder auf Kuba herrschen. Der Koch ruft die Polizei an und ließ Rusty verhaften.

Rusty wurde der Prozeß gemacht und von einem Gesinnungsgenossen des Kochs zu sechs Monaten ohne Bewährung verurteilt. In der Einsamkeit seiner Zelle faßte Rusty den Entschluß, sein Leben grundlegend zu ändern, dort wieder anzuknüpfen, wo er aufgehört hatte, ehe er auf den unglücklichen Gedanken verfallen war, nach Bisbee zu ziehen. Einige Semester Physik und Mathematik hatte er bereits in Albuquerque, New Mexico, studiert, noch ein paar Semester, und er könnte sein Lehrerexamen machen, sich irgendwo einstellen lassen, frühzeitig in Pension gehen, um sich dann eventuell endgültig nach Bisbee zurückzuziehen. Kaum aus dem Gefängnis entlassen, machte er sich an die Reparatur seines Autos. Zunächst öffnete er die Motorhaube und fand die sterblichen Reste jener Katze, die St. Elmo's Wirtin seit einem Jahr vermißte. Das Werkzeug hatte er sich schnell zusammengeborgt, eine Woche später war der Ford wieder fahrbereit. Zwar fehlte der erste Gang, aber man konnte auch im zweiten Gang starten, zwar spuckte der Auspuff und mehr als 35 Meilen pro Stunde waren nicht zu schaffen, auch klemmten einige Teile, die sich hätten drehen sollen, dafür drehten sich andere Teile, die man lieber unbeweglich gesehen hätte, doch für die Strecke Bisbee – Albuquerque war das Gefährt nun allemal tauglich und wenn nicht, konnte man es unterwegs am Straßenrand stehen lassen und trampend ans Ziel gelangen.

Rusty tat sich schwer in Albuquerque, er vermißte seine Freunde, er vermißte St. Elmo's, auch versiegte seine Fähigkeit Gedichte zu schreiben, doch das alles war jetzt nicht mehr wichtig, er mußte sein Leben endlich in den Griff bekommen, er studierte, erhielt ausgezeichnete Noten, war die Freude seiner Professoren. Nur noch an Samstagen verfiel er dem Alkohol, drehte seine Runden durch die Studentenkneipen der verhaßten Stadt. Und es war wieder eine dieser Samstagnächte, als er in einer Bar einen Kommilitonen kennenlernte, dem er seine Geschichte und seine Zukunftspläne anvertraute.

»Ich weiß, daß ich es schaffe«, sagte er, »es ist nur eine Frage des Willens.«

»Natürlich wirst du dein Examen mit fliegenden Fahnen bestehen«, sagte der Kommilitone, »nur Lehrer kannst du nicht werden.«

»Warum?«

»Wegen deiner Vorstrafe. Das taucht in deinen Papieren auf, bis du alt und schimmlig bist, das hängt dir ewig an. Und Vorbestrafte dürfen in diesem Land nicht Lehrer werden.«

»Ach so«, sagte Rusty und bestellte ein Bier.

Er zahlte und gab der Kellnerin 10 Dollar Trinkgeld.

»Hast du im Lotto gewonnen?«, sagte der Kommilitone.

»Nein, wieso?«, sagte Rusty. »Die 10 Dollar waren mein letztes Geld. Entschuldige mich einen Moment.«

Er ging raus auf den Parkplatz. Er holte seine Pistole aus dem Handschuhfach des Fords, setzte den Pistolenlauf an die rechte Schläfe und setzte seinem kurzen, verrückten Leben ein Ende.

Urkommunismus
und alternative Haferflocken

Sie treffen sich einmal wöchentlich; entweder in der Golden Flower, einem Meditationszentrum gleich neben dem ehemaligen Nonnenwohnheim, oder im Keller der Kongreßhalle – ja, Bisbee verfügt über eine Kongreßhalle, sie wurde in den späten 30er-Jahren erbaut, just zu dem Zeitpunkt, da es mit den Minen und dem ökonomischen Glanz Bisbees bergab ging. Schon damals blühte der Optimismus umso heftiger, je weniger Grund dafür vorhanden war. Das hat sich bis heute nicht geändert. Eine permanent schlechte Tageskasse, das Ausbleiben kauffreudiger Touristen und steigende Arbeitslosigkeit gelten als sicheres Indiz, daß der Aufschwung unmittelbar bevorsteht. Man tut sich zusammen, spricht miteinander, gründet Komitees. Das Bisbee-Verschönerungskomitee zum Beispiel, oder das Main-Street-Reinigungskomitee oder die Vereinigung der Main Street-Kaufleute. Und all diese Komitees treffen sich einmal wöchentlich. Es wird viel geredet und viel vorgeschlagen und diskutiert, und die Komitees beschließen, sich in Unterkomitees aufzusplittern und das Heft in die Hand nehmen. So besteht das Main-Street-Reinigungskomitee aus vier Abteilungen: Gerätebeschaffung, Arbeitseinsatz und Terminplanung, Erziehungsprogramm und Public Relations. Die Aufgabe dieser letzten Abteilung war es, das Rathaus und die Presse zu konstruktiver Mitarbeit und Unterstützung zu bewegen, vor allem dem Erziehungsprogramm mittels Flugblättern, amtlichen Mitteilungen und Zeitungsartikeln beizustehen und die Bürgerschaft zu bitten, ihren Müll anstatt auf die Straßen, in die öffentlichen Mülltonnen zu kippen. Die Erziehungsleute würden überdies die Hauptsünder persönlich ins Gebet nehmen. Die reine Existenz des Gerätebeschaffungskomitees war eine Schande für den Gemeinderat, hatte dieser doch 1963 den gebrauchten Straßenreinigungsschlepper von Tombstone für 20.000 Dollar (Neuwert: 70.000 Dollar) gekauft, aber nur die Hälfte anbezahlt, worauf die Tombstoner die Saugrohre und die rotierenden Bürsten ausgebaut und bei Begleichung der Restschuld anzuliefern versprochen hatten. Da niemand auf die Idee kam, die fehlenden Teile einfach zu bestellen und einzubauen, steht das Vehikel seitdem im Krematorium der alten Methodistenkirche und rostet vor sich hin.

Der damalige Bürgermeister war zufällig Methodist, weswegen der Gemeinde keine Standkosten aufgebürdet wurden, gottlob, kann man nur sagen, sonst hätte sich, bei selbst geringstem Tribut, ein fürchterlicher Schuldenberg angehäuft. Jene Dame aus Sierra Vista, die ihren VW-Käfer Jack Porter überantwortet hatte, kann ein Lied davon singen. Sie bat um einen Kostenvoranschlag und Jack meinte, mit 50 Dollar sei es fürs erste getan, worauf die Dame ihn beauftragte, doch gleich gründlich ranzugehen und alles zu reparieren, was demnächst in die Brüche gehen könnte und würde. Sie hinterließ ihre Telefonnummer und trampte nach Hause. Nach drei Monaten rief Jack sie an, um ihr mitzuteilen, daß sich eine gründliche Reparatur auf ca. 200 Dollar belaufen würde. Die Kundin bat ihn, unverzüglich mit der Arbeit zu beginnen, sie hole den VW in einer Woche ab. Nach einem halben Jahr begann Jack, den Pkw zu demontieren, immer wenn er schnell ein Ersatzteil brauchte, bediente er sich an oder in dem VW der säumigen Dame aus Sierra Vista. Zwar schwor er sich jedesmal, den ausgebeuteten Käfer baldmöglichst wieder instandzusetzen, das gebrauchte Diebesgut aus eigener Tasche durch neues zu tauschen, aber wie es so geht, nach mehreren Monaten war das Auto der Dame aus Sierra Vista zu einem traurigen Skelett verkommen, der Räder, des Auspuffs, der Türen, Scheibenwischer, Trittbretter, Sitze und, bis auf einen winzigen Rest, des Motors beraubt. Nach knapp zwei Jahren rief die Dame an und fragte nach, ob ihr Wagen repariert sei? Jack brach der kalte Schweiß aus und mit dem Mut des Verzweifelten sagte er: »Selbstverständlich. Sie können ihn jederzeit abholen.« – »Was machts?«, fragte die Autobesitzerin. – »226 Dollar für die Reparatur«, sagte Jack, »plus meine üblichen drei Dollar Parkgebühr pro Tag, das macht bei etwa 660 Tagen ...« – Die Dame schrie kurz auf und hängte ein, und Jack konnte sich wieder den Touristenfahrzeugen widmen, die hier aus unerklärlichen Gründen ihren Geist aufgegeben hatten.

Das Gerätebeschaffungskomitee unternahm nicht einmal den Versuch, die fehlenden 10.000 Dollar für das Reinigungsgefährt aufzutreiben, stattdessen kaufte es im mexikanischen Teil des Grenzortes Naco einen gigantischen Borstenbesen und eine runde Plastikmülltonne für umgerechnet 11 Dollar und 32 Cent und für weitere 10 Dollar ein altes Fahrrad bei Jim und Tim. David Eschner montierte die beiden Räder des Fahrrads und den Schiebegriff eines Kinderwagens an die Mülltonne und stellte das Ergebnis seiner Arbeit bei der nächsten Sitzung des Reinigungskomitees vor. »Ganz besonders möchte ich Chuck vom Museum danken«, sagte er, »der den Kinderwagengriff kostenlos zur Verfügung gestellt hat.« Nun war es an den Leuten vom Arbeitseinsatz und der Terminplanung, all den Vorbereitungen Taten folgen zu lassen. Aus den eigenen Reihen, das wurde schnell klar, ließen sich keine Freiwilligen rekrutieren, man könne schließlich nicht alles selber machen. Shirley schlug vor, einem Strafgefangenen die Straßenreinigung zu überantworten, welcher Vorschlag von den Anwesenden begrüßt und ohne Gegenstimme angenommen wurde, jedoch bei der Justizbehörde wenig Begeisterung fand, zu viele Gefangene seien in letzter Zeit während ihres offenen Arbeitseinsatzes getürmt, und man habe einfach nicht genügend Wachpersonal, jetzt auch noch einen Straßenkehrer zu beaufsichtigen, außerdem würde es auf die Touristen einen denkbar schlechten Eindruck machen, patrouilliere neben der Mülltonne ein Beamter, das Gewehr im Anschlag. – Bei der nächsten Sitzung war Ben Rosenzweig anwesend. Viel Mühe hätten die Damen und Herren sich sparen können, wären sie nur oberflächlich mit dem Verwaltungsrecht des Staates Arizona vertraut. Jede Gemeinde sei verpflichtet, nicht nur die Hauptstraße, sondern alle Straßen einer Siedlung in regelmäßigen Abständen zu reinigen. Leider sei nicht näher definiert, was unter regelmäßig zu verstehen sei, mit Sicherheit aber öfter als einmal jährlich. Da spielte Ben auf den Umstand an, daß die Stadt Bisbee jedes Jahr einen Tag vor dem Internationalen Lyrikfestival die Feuerwehr beauftragt, die Straßen sauberzuspritzen. Bisbee gleicht dann einem südwestlichen Venedig, Wassermassen, reine Sturzbäche toben die Straßen hinunter, reißen monatealten Abfall aus den Rinnsteinen und häufen einen feuchten, unappetitlichen Müllberg vor den Eingang des Kinos; dort bleibt der Unrat liegen, bis er sich irgendwann von selbst auflöst. Und sind die Straßen naß und sauber, weiß jedermann, daß die Lyriker im Anmarsch sind, um sich im Guten Hirten oder sonstwo ihre Gedichte drei Tage lang gegenseitig vorzulesen. Das Bisbee-Lyrik-Festival ist so bedeutend, daß sogar Journalisten aus New York und Los Angeles angereist kommen. Einige ältere und poesiefeindliche Bürger verlassen während dieser Zeit nicht ihr Haus und die Dirty Brothers halten den Midtown Market verschlossen. Diesen bärtigen, ungewaschenen Dichtern aus den Großstädten kann man so wenig trauen wie den Russen. Die Hippies sind schlimm genug, aber an die hat man sich gewöhnt. Wenn die Lyriker denn schon sein müssen, warum hat die Gemeinde Geld, diese Kommunisten zu subventionieren, während die Orgel in der Katholischen Kirche so schauerlich verstimmt ist, das bei fast jedem Tastendruck eine andere Tonart erklingt, daß das Ave Maria gleichzeitig in fis-moll und C-Dur in die Ohren der gequälten Gemeinde dringt? Man habe nichts gegen ein bißchen Tourismus, aber wer hat eher Anspruch auf den öffentlichen Geldsäckel – die sozialistischen Dichter oder die darbenden Nachkommen der Pioniere, die Bisbee aus dem Boden gestampft hatten? (Nachdem das Lyrikfestival 1973 in den ganzen USA eine hervorragende Presse erhalten hatte, beschloß das Poesie-Komitee, einen tollkühnen Schritt zu wagen und Ezra Pound für das nächste Jahr einzuladen. Sie schickten ihm alle lobenden Zeitungsausschnitte und einen überschwenglichen Brief nach Rapallo, Italien. Der Brief kam unbeantwortet zurück, da Ezra Pound 1972 gestorben war.)

»Ich glaube kaum«, fuhr Ben Rosenzweig fort, »daß der Gesetzgeber unter regelmäßig so etwas wie einmal jährlich im Auge gehabt hatte. Ich schlage einen Musterprozeß vor.«

»Ben«, sagte Shirley, »versteh doch endlich, wir wollen nicht gegen das, sondern mit dem Rathaus arbeiten.«

Das Verschönerungskomitee hatte indes andere Probleme. Es hatte alle Hausbesitzer auf Main Street mit dem Vorschlag konfrontiert, die Fassaden ihrer Immobilien streichen zu lassen, und zwar zunächst lediglich gegen Erstattung der Materialkosten, während man die Arbeitszeit in einem urkommunistischen Tauschverfahren verrechnen würde.

»Klingt interessant, was genau soll das heißen?«

»Angenommen, wir streichen die Fassade deines Co-Ops, ein Gebäude, das wirklich ein bißchen Farbe vertragen könnte, dann zahlt der Co-Op für das Material und tauscht für die Arbeitszeit, die wir mit fünf Dollar die Stunde berechnen, Waren ein. Wenn wir also 20 Stunden an eurer Fassade arbeiten, und länger dauert das bestimmt nicht, dürfen wir uns Lebensmittel im Wert von 100 Dollar aussuchen.«

»Klingt interessant«, sagte Sarah, die Gründerin und Chefin des Co-Op, »aber die Statuten verlangen, daß ich eure Idee erst mit dem Kollektiv bespreche. Warum schaust du nicht nächsten Donnerstag nochmal vorbei?«

»Okay«, sagte Cary, der Initiator der Tauschgesellschaft, Cary, ein ehemaliger Heilmasseur aus Neuseeland, den ein launisches Schicksal nach Bisbee verweht hatte.

Sarah gefiel Carys Idee, die Fassade ihres Geschäfts urkommunistisch streichen zu lassen; gelb und grün wäre schön, das würde Sonne, Gesundheit und unverdorbene Natur suggerieren. Die Schwierigkeit war nur, das Kollektiv zu überreden. Der Co-Op gehörte nicht weniger als 17 Leuten, und ein Beschluß konnte nur einstimmig gefaßt werden. Eine einzige Gegenstimme konnte die schönsten Pläne zunichte machen. Darum war das Angebot des Co-Ops auch so fürchterlich begrenzt. Die 17 Mitglieder stimmten zwar in Grundfragen einer gesunden Nahrung überein, Tabakwaren, Fleisch und Alkohol waren des Teufels, selbstverständlich auch Obst und Gemüse, das auch nur in der Nähe künstlicher Düngemittel gezogen worden war, man war auch im großen und ganzen einer Meinung, was Zubereitungstechniken betraf, ein Mahl in einem Mikrowellenherd gekocht oder nur aufgewärmt, da herrschte nicht der geringste Zweifel, war der sichere Tod, bedeutete Krebs, unheilbare Geschwüre und Aids. Nur in Einzelfragen herrschte Unstimmigkeit. Drei Mitglieder waren beispielsweise nicht von der Überzeugung abzubringen, daß Salz und Pfeffer, selbst nur mäßig angewendet, dauerhafte Schäden anrichten, weswegen die Tagessuppen – in Pappbechern über die Straße verkauft – immer etwas unkonventionell schmeckten, sie enthielten nur Gewürze, die das Kollektiv gebilligt hatte, aber nicht unbedingt in Suppen gehörten, wie Zimt oder Nelken. Der Umsatz könnte spielend verdreifacht werden, wären da nicht Mitglieder, die den Verkauf von Weißbrot, Teebeuteln, gebleichtem Zucker, Konserven, Milchprodukten, Tiefgefrorenem, Petersilie, Fisch, Schokolade und Gummibärchen starrsinnig unterbinden würden. Schlimmer noch, das limitierte Angebot, bestehend aus natürlichem Frischgemüse, natürlichem Obst, Brot, Reis, Quellwasser, natürlichen Sojabohnen und Pflanzenfetten hatte von absolut gesundheitsorientierten und vertrauenswürdigen Produzenten zu kommen, und da gab es weltweit nur vier, auf die das Kollektiv sich einigen konnte. Einer war in Wyoming, einer in West Virginia, die anderen beiden lebten und pflügten in Israel beziehungsweise in Südindien. Das erklärte, warum das Frischgemüse im Co-Op nicht immer so wahnsinnig frisch war, warum sich die Karotten wie Gummi anfühlten und die Äpfel wie Mr. Sisk aussahen.

Cary hatte andere Sorgen. Kein Mitglied des Verschönerungskomitees war Maler, kein Mitglied war Willens, eine Fassade oder sonstwas zu streichen, am wenigsten die Fassade des Co-Ops gegen runzelige Karotten und Äpfel oder Zimtsuppen oder Karmareis und alternative Haferflocken. Doch gelang es Cary, einen Maler aufzutreiben, der auf Tauschbasis die Fassade des Co-Ops zu streichen bereit war, allerdings nicht gegen Lebensmittel, sondern gegen das Verlegen neuer Elektroleitungen in seiner Hütte auf Brewery Gulch. Die alten Leitungen hingen von der Decke und den Wänden, seien 40 Jahre alt und lebensgefährlich, nicht weniger als vier Katzen hätten schon tödliche Stromstöße erlitten. Nun mußte Cary nur einen tauschwilligen Elektriker finden. Der Elektriker hieß Ronald Spot, war ebenfalls nicht an Gesundheitsnahrung interessiert, sondern auf der verzweifelten Suche nach einem Dachdecker, nachdem er im letzten Sommer gleich zwei mal in einem überfluteten Haus und schwimmenden Bett aufgewacht war – wie in einem Dick und Doof Film. Der Dachdecker wollte auf Hühnerfarmer umsatteln und verlangte 200 Exemplare irgendeiner legefreudigen, texanischen Kurzschnabelbrut. In anderen Worten: der Co-Op würde nur gestrichen werden, würde es Cary gelingen, 200 texanische Hühner aufzutreiben, damit der Dachdecker das Dach des Hauses des Elektrikers Ronald Spot reparierte, worauf dieser willens wäre, die Leitungen im Haus des Malers neu zu verlegen, worauf dieser sich eventuell aufraffen würde, die Fassade des Co-Ops zu streichen. Und der Co-Op war nicht die einzige Immobilie in Bisbee, der das Interesse des Verschönerungskomitee galt. Man hatte auch mit Lewis Jackson, Museum-Chuck, den Inhabern der Blumenhandlung, des Buchladens und dem Guten Hirten gesprochen. Sie alle hatten nichts gegen die Tauschidee, hatten aber alle Tauschwünsche, die sich irgendwie nicht unter einen Hut bringen ließen. Cary kaufte eine Schachtel Buntstifte und legte eine Graphik an, um ein wenig Überblick zu gewinnen. Gleichzeitig fertigte er eine Liste mit den Namen der ständig wachsenden Tauschgemeinde und versah jeden Namen mit einer Nummer. Die Nummern übertrug er auf die Graphik. Nr. 5 wollte Hühner von Nr. 4, während Nr. 23 von Nr. 11 eine Wagenladung Zement forderte, und Nr. 9 eine ganz spezielle Aufgabe für Nr. 16 bereit hatte, nämlich den gebrechlichen Schwiegervater zu pflegen und zwei mal täglich die Hunde auszuführen – die Graphik glich bald einem surrealistischen Spinnennetz, aus dem kein Mensch mehr schlau werden konnte, auch Cary nicht, auch die wissenschaftlich begabtesten Mitglieder des Komitees nicht. Der Gedanke, die Absicht, Bisbee trotz chronischen Geldmangels seiner Bewohner urkommunistisch zu verschönern, war recht lobenswert gewesen, doch wurde die Verwirklichung des Plans von Woche zu Woche komplizierter, wuchs dem Komitee allmählich über den Kopf; man gestand sich das halb ein, als man am Ende der letzten Sitzung beschloß, sich in ein paar Monaten wiederzutreffen. Und die Farbe bröckelt weiter von der Fassade des Co-Ops.

Der Kundschaft ist das egal, und Touristen verirren sich ohnehin nicht in den Co-Op. Die neue Fassade wäre halt nur schön gewesen, weil sie das Erscheinungsbild von Main Street allgemein ein wenig verbessert hätte. Sarah ist es im Grunde auch egal, sie denkt öfter über ihre Kunden als über den Zustand ihres Gebäudes nach. Die unverschämtesten Kunden waren Mrs. Snyder und deren Mann gewesen, die sie vor Jahren einmal zum Abendessen eingeladen hatten, und alles was sie auffuhren, war eindeutig im Safeway gekauft worden. Als sich Mrs. Snyder während des Essens der peinlichen Situation bewußt wurde, sagte sie scheinbar geistesabwesend: »Heutzutage muß man jeden Penny zwei mal umdrehen.« Mrs. Snyders Gemahl räusperte sich, gabelte ein Stück Schweinefleisch auf und sagte lachend: »Wir haben uns gedacht, Abwechslung macht das Leben süß, mal was ganz anderes für die gute Sarah. Eine Überraschung sozusagen.« – »Die Überraschung ist euch gelungen«, sagte Sarah. – »Na also«, sagte Mrs. Snyder. Nach dem Essen boten sie Sarah einen Brandy an, aber Sarah lehnte ab, sie trinke nie Alkohol und habe heute Abend schon genug gesündigt. Dann sprachen sie über Politik. Mit den USA ginge es bergab, bestätigten sie sich. Nach 20 Minuten sagte Sarah: »Ich glaub', ich muß jetzt gehen.« Sarah und die Snyders haben sich nach diesem Abend nicht mehr gemocht.

Lotto

Vor ein paar Jahren wurde im Staate Arizona das Zahlenlotto legalisiert. In den Städten, Ortschaften, Dörfern und Einsiedeleien brach das Lottofieber aus. Gewöhnlich ist der Hauptgewinn 1 Million Dollar. Als nach vier Jahren noch immer niemand aus Bisbee der glückliche Hauptgewinner gewesen war, zweifelten einige an der Richtigkeit der Wahrscheinlichkeitsrechnung, andere sprachen von einem Fluch, der offenbar auf Bisbee laste, wieder andere vermuteten Betrug, die Maschine mit den Ziffernkugeln sei ganz eindeutig so geeicht, daß die Zahlen der Bisbeespieler nie gezogen werden. Das war unhaltbar. Tatsache blieb jedoch, daß die staatliche Lotterie bereits Millionäre in Willcox, Benson, Douglas, Tombstone, Sierra Vista und anderen Gemeinden Südarizonas hervorgebracht hatte. Mrs. Ortega zum Beispiel, eine illegale Einwanderin aus Mexiko, wohnhaft in Benson. Von einem Tag auf den anderen war sie wohlhabend genug, nicht nur sich, sondern auch ihrer 34-köpfigen Verwandtschaft legale Papiere zu verschaffen. Vielleicht spielten die Leute in Benson, Willcox etc. nach einem System, während die Bisbee Lottospieler Gottvertrauen und die reine Willkür walten ließen. Es war Shirley, die Religious Bill auf der Straße ansprach und ihn bat, seine stupenden mathematischen Fähigkeiten zu nutzen und ein brauchbares Lottosystem auszuarbeiten. Bill schrie und tobte ob dieses Ansinnens, das Lotto sei eine Erfindung des Satans, während sich in der Logik der Mathematik die göttliche Ordnung offenbare, und nur ein Mensch übelster Gesinnung, nur ein rettungsloser Sünder sei verderbt genug, die himmlische Arithmetik dem Inferno, Höllenschlünden und ewiger Verdammnis dienstbar zu machen.

Der Bär hörte wenig später von dem alttestamentarischen Ausbruch Bills und sah seine Stunde wieder mal gekommen. Alle

Register seiner analytischen Begabung ziehend, entwickelte er ein fast 100-prozentiges Lottosystem, das er auf der alten Druckmaschine vervielfältigte. Er druckte auch einen Zettel, um seine Kunst des Hypnotisierens anzubieten; falls wider Erwarten das System nicht klappen sollte, könne der Kunde unter Hypnose seine eigenen Glückszahlen wählen.

»So geht das nicht«, sagte Maria, »so geht das wirklich nicht. Wenn dein System was taugt, brauchen deine Kunden keine Hypnose. Du mußt dich entscheiden, System oder Hypnose.«

Da hatte Maria nicht ganz unrecht, der Bär sah es ein. Der Hypnosezettel raubte dem System die Glaubwürdigkeit. Der Bär vernichtete seine fast 100-prozentigen Berechnungen und gestaltete den Text für den Handzettel neu:

Lottospieler! Es gibt kein Gewinnsystem! Fallt nicht auf Scharlatane rein, die euch für gutes Geld sogenannte wissenschaftliche Rechenkunststücke verkaufen wollen. Zuverlässig ist nur die innere Stimme. Wie aber kann man die innere Stimme zum Sprechen bringen? Das anerkannt bewährteste Mittel ist die Hypnose. Vor allem die Stier- und Jungfraugeborenen treten jetzt in ihre Fortunaphase. Arbeiten wir zusammen! Ich hypnotisiere Sie, damit Sie Ihre Glückszahlen aus der Tiefe Ihrer kosmischen Seele selbst bestimmen können. Sprechstunden tägl. zw. 9 und 5 Uhr oder nach Vereinbarung.
– Der Bär, Brewery Gulch. –

Das war sehr viel besser als das System, zumal bei Versagen der Lottohypnose dem Kunden wenigstens ein Teil der Schuld in die Schuhe geschoben werden konnte. Der Bär druckte 1000 Handzettel und verteilte sie auf der Straße, in den Geschäften und im Postamt. Tatsächlich fanden sich ein paar Stier- und Jungfraugeborene in Brewery Gulch ein, um sich hypnotisieren zu lassen; ob sie gewonnen haben, steht dahin, jedenfalls hat man im Observer nichts von einem Lottokönig in Bisbee gelesen. Aber der Bär hatte wenigstens wieder ein paar Dollar eingenommen, um neue Grundnahrungsmittel, Windeln und Breichen zu kaufen.

Unter welchem Sternzeichen auch immer geboren, jeden Samstagabend stehen die Bisbeebürger im Safeway Schlange, um ihren Lottoschein abzugeben. Die Chancen, Millionär zu werden, sind nicht gerade glänzend, doch fast Woche für Woche erscheint im Tucson Sonntagsblatt das Foto irgendeines Idioten, der es über Nacht vom Hamburgerbrater oder Sparkassenangestellten zu ungeahntem Wohlstand gebracht hatte. In den Spätnachrichten tritt er dann im Fernsehen auf und dankt Jesus für all das Glück und versichert, daß er es immer noch nicht fassen könne. Was der glückliche Gewinner mit all dem Geld anzufangen gedenke?

Das überlegen sich auch die Bisbee-Lottospieler während sie anstehen. Und sie tauschen zum Zeitvertreib ihre schönen Hirngespinste aus.

»Ich würde die baptistische Kirche auf Main Street kaufen«, sagt Shirley, »und sie in ein Theater umwandeln. Viel müßte man gar nicht machen, die Altarzone ist eine perfekte Bühne, und die Sakristei könnte als Schminkraum ...«

»Die baptistische Kirche ist zu verkaufen?«, fragt David Eschner verwundert.

»Ja«, sagt Shirley, »sie ist zu klein geworden. Sie wollen eine größere in Warren bauen, auf dem Grundstück der alten Methodistenkirche. Die Kirche soll abgerissen und das Krematorium in ein Pfarrhaus umgebaut werden.«

»Und was geschieht mit dem alten Straßenreinigungsauto?«

»Wird dem Museum geschenkt.«

»Ich weiß nicht so recht«, sagt David, »mit einem Lottogewinn wüßte ich sicher besseres zu tun, als eine Kirche in Bisbee zu kaufen. Ich würde wahrscheinlich das Kino kaufen und hier endlich Truffaut bekanntmachen.«

»Aber das Kino ist nicht zu verkaufen«, sagt Woolf.

»Doch«, sagt David. »Vincent ist pleite, nächste Woche macht er dicht.«

»Wahrscheinlich das zwanzigste Bisbeegerücht, das ich diese Woche gehört habe«, sagt Woolf.

»Kein Gerücht«, sagt David, »sondern die traurige Wahrheit.«

»Ich würde mit Othello eröffnen«, sagt Shirley.

»Scheiß drauf«, sagt ein alter Rancher, »ich will nur weg hier. 1952 bin ich hergezogen und hab diese Scheißranch gekauft. Zwei Jahre, haben sich damals meine Frau und ich gesagt, dann ist die Ranch auf Vordermann gebracht, dann verkloppen wir das Ding und ziehen wieder nach Colorado zurück. Sieh mich an, ich bin noch immer hier.«

»Bisbee ist wie eine Mausefalle«, sagt Woolf, »wer einmal reingerät, kommt nicht wieder raus.«

»Das kannste laut sagen«, sagt der Rancher.

Und die Lottoschlange wird länger und länger. Die diensthabende Verkäuferin tut ihr bestes. Sie jagt einen Lottoschein nach dem anderen durch die computerbetriebene Maschine und fragt sich, warum die Leute immer erst in letzter Sekunde kommen? Die ganze Woche haben sie Zeit, aber nein, sie warten immer bis Samstagabend. Wahrscheinlich macht ihnen das Schlangestehen Spaß, es ist ein Treffpunkt, fast wie ein Stammtisch, wo man Freunde und Bekannte trifft, um ein wenig zu schwätzen.

»Ich will gar keine Million«, sagt Larry Jenkins. »Ich will nur genug, um im Observer Farbfotos veröffentlichen zu können.«

»Aber angenommen, du gewinnst eine Million?«, fragt Woolf.

»Würde ich ein paar Leute einstellen und aus dem Observer eine Tageszeitung machen«, sagt Larry. »Das ist mein Traum.«

»Passiert in Bisbee genug, um eine Tageszeitung mit Lokalnachrichten zu füllen?«, fragt Woolf.

»O ja«, sagt Larry. »Manchmal muß ich Artikel aus Platzmangel ein paar Wochen schieben, und wenn sie dann erscheinen, sind sie nicht mehr aktuell.«

»Stimmt nicht«, sagt der alte Rancher, »in Bisbee halten sich Neuigkeiten lange frisch.«

Die meisten Lottospieler könnten ein paar Dollar gut gebrauchen. Es ist schwer, manchmal fast unmöglich, hier über die Runden zu kommen.

»Man darf froh sein, wenn man in Bisbee nicht verhungert«, sagt der Rancher.

»Unsinn«, sagt Woolf, »mit ein bißchen Phantasie kannst du sogar reich werden hier. Mach eine Firma auf: Chuck Smith, die Müllabfuhr für Leute, die nichts wegwerfen können. Du erhältst einen Anruf, fährst zu der entsprechenden Adresse und machst den Wann-haben-Sie-diesen-Gegenstand-zum-letztenmal-in-die-Hand-genommen-Test. Und nach ein paar Stunden hast du dem Haus jene schlichte Eleganz verliehen, von der der Besitzer schon seit Jahren träumt.«

Linda stellt sich hinten an, ihren Lottoschein in Händen. Sie weiß nicht, was sie mit einem Hauptgewinn anfangen würde. Sie will eigentlich gar kein Geld, was sie will, ist ein Kind. Sie möchte schwanger werden. Sie geht auf die Vierzig zu und will schwanger werden. Am liebsten von ihrem Freund in Tucson. Nur ist dieser Freund leider verheiratet und glücklicher Vater dreier Töchter, und obwohl er sich zuweilen zu ehebrecherischen Rendezvous in versteckten Motels überreden läßt, gefällt ihm der Gedanke eines in Sünde geborenen Nachfahren nur wenig. Da macht Linda eine Entdeckung. Auf der Safewaytheke steht ein kleines Pappregal mit kleinen Heftchen – astrologische Ratgeber, Kochrezepte und – genau, was sie braucht: Magische Mittel, einen Mann in Bann und Liebe zu schlagen. Linda greift das Heftchen. Das Vorwort beginnt mit den Sätzen: »Wir leben in einer Zeit, da Zauber und Magie allgemein als unwissenschaftliche Relikte einer vergangenen Epoche belächelt werden. Dennoch praktizieren wir, wenn auch unbewußt, Magie und Zauberei …«. Linda blättert weiter und liest gierig im praktischen Teil: »Ein ebenso bewährtes wie sicheres Mittel ist, nachts nackt in das Schlafzimmer des Geliebten zu schleichen und Salz auf sein Kopfkissen zu streuen.« Unter den Umständen eine nur schwierig durchzuführende Aufgabe. Aber das Büchlein hält gottlob noch einfachere Mittel bereit: »Schütte dem Geliebten Sojabohnenmehl in den Tee und dünge unbemerkt sein Haupthaar mit Salz.« Offenbar hatten sie es mit Salz.

Als Linda an der Reihe ist, zerknüllt sie den Lottoschein und steckt ihn in ihre Rocktasche. Anstatt ihre vier Dollar zu verspielen, kauft sie das Zauberbüchlein und ein viertel Pfund Sojabohnenmehl. Salz hat sie noch genügend zu Hause. Ihre Verführungs- und Überredungskünste waren erschöpft, nichts hatte geklappt. Vielleicht ist die Magie aus dem Safeway eine Lösung. Sie wird jedenfalls nicht aufgeben. Eines Tages wird sie einem Baby, einem neuen Bisbeebürger das Leben schenken.

III

Metamorphose

Der Hund

Es ist zu spät, ich kann mich nicht mehr tätowieren lassen. Nur bei drei Freundinnen hatte es zu diesem Thema Diskussionen gegeben, bei den Ehefrauen nie. Meine erste Freundin, sie hieß Christiane, hatte vorgeschlagen, wir sollten unsere Handgelenke zum Zeichen ewiger Liebe mit einem Herz inklusive gegenseitigem Namenszug verzieren. So rein hypothetisch, sagte ich, nur mal angenommen, es wird doch nichts aus der ewigen Liebe, und wir trennen uns nach ein paar Jahren oder Jahrzehnten, und du angelst dir einen anderen, dann wird der, jedes Mal, wenn er dein rechtes Handgelenk sieht ... Christiane ließ mich nicht ausreden, machte einen Mordszirkus, spräche ich jetzt schon von Trennung, da wäre es wohl besser, die Beziehung gleich in die Tonne zu werfen. So habe ich das doch nicht gemeint, sagte ich, ich könnte auch einen tödlichen Autounfall haben, und dann säße sie da mit ihrer Tätowierung. Erstens hast du keinen Führerschein, erwiderte sie und fing zu heulen an. Und zweitens?, fragte ich leise, meinen Arm um sie legend. Wenn schon ein Autounfall, flüsterte sie, dann möchte ich mit dir zusammen sterben. Das rührte mich so sehr, daß ich um ein Haar in die Tätowierung eingewilligt hätte, doch gottlob gab es in Göttingen kein entsprechendes Studio. In Frankfurt war das anders. Anja, meiner zweiten Freundin, erzählte ich von meiner ersten Freundin und ihrer Anregung, das Bündnis mit einer Hautgravur zu festigen. Das ist eine klasse Idee, rief Anja, und war Feuer und Flamme. Ich machte nicht erneut den Fehler, auf die Möglichkeit eines prämortalen Endes unserer Verbindung hinzuweisen. Anja kam andertags mit einem Katalog zu mir, einem Katalog, den sie bei einem Tätowiersalon in der Kaiserstraße ausgeliehen hatte. Nun hatte ich leichtes Spiel, ich lehnte jedes Motiv, das ihr gefiel, als geschmacklos ab. Was schlägst du denn vor?, wollte sie wissen. Ich wies auf einen Dreimaster, ein Piratenschiff mit Totenköpfen, Kanonen und hohem Wellengang. Zu meinem Entsetzen war Anja begeistert. Aber leider hätte dieses Kunstwerk für jeden viertausend Mark gekostet, was unsere finanziellen Möglichkeiten sprengte. Ich werde uns das zur silbernen Hochzeit schenken, sagte ich. War das ein Heiratsantrag?, fragte Anja. Noch nicht, sagte ich. Bei meiner dritten Freundin war ich es, der eine Doppeltätowierung wollte. Es war der bequemste Weg, Dagmar loszuwerden. Ich habe mir das gemerkt für künftige Trennungen, es gibt keinen Streit, keine Dramen, eine schöne Zeit geht zu Ende, nur weil die Partnerin sich nicht tätowieren lassen möchte, man geht noch einmal essen in ein hübsches Restaurant und beschließt, gute Freunde zu bleiben.

Wer läßt sich tätowieren? Knastbrüder und Matrosen, zuweilen auch Kraftsportler. Als ich die ersten langen Hosen bekam, und später noch, war es mein Traum, zur See zu fahren. Mein Lieblingsbuch war Der rote Freibeuter von James Fenimore Cooper. Aber ich wollte nicht Pirat werden, sondern Kapitän. Für einen Kapitän kommt eine Tätowierung nicht in Frage. Nehmen wir an, er verliebt sich während einer Weltreise in eine britische Gräfin und lädt diese zum Dinner in seine Kajüte, und die Gräfin bemerkt beim Verzehr ihrer Geleeforelle, daß der Unterarm ihres Gastgebers mit einer tätowierten Meerjungrau dekoriert ist, dann hilft die geistreichste, die charmanteste Konversation nichts mehr, niemals würde die Aristokratin sich einem Mann mit solch ordinärer Beschmückung hingeben. Man muß sich früh entscheiden: ein Leben in Mehrbettkajüten zwischen unrasierten, schnarchenden, nach Rum stinkenden Burschen oder die höhere Laufbahn. Ich habe beide Alternativen in den Wind geschlagen, als mir klar wurde, daß auf einem Schiff, so der so, die Arbeitskollegen ausschließlich Männer wären, wo ich doch Frauen viel lieber mochte. Britische Gräfinnen gibt es nicht nur auf Passagierdampfern.

Mit zwölf Jahren war ich erstmals in eine Adelige verliebt gewesen. Die Gräfin Thun wohnte im Zimmer neben uns im Haus Savoy in München. Sie war gut dreißig Jahre älter als ich, was meiner flammenden Leidenschaft keinen Abbruch tat. Nachts im Bett träumte ich vorm Einschlafen davon, wie sie mit mir zu ihrem Schloß flieht, fort von meiner ewig schimpfenden Mutter und der ewig nölenden Schwester. Einmal hat sie mir einen Schokoladenosterhasen, eingehüllt in rotes Glanzpapier, geschenkt. Ich habe ihn erst nach dem Abitur in den Abfalleimer geworfen, vermutlich war der Hase inzwischen total verschimmelt, doch der Frau von Thun bewahre ich noch heute ein zärtliches Andenken. Meine zweite Gräfin war eine Gisela aus Heidelberg, die ich mittels einer Heiratsannonce kontaktiert hatte, ich weiß nicht mehr, ob es ihre oder meine Annonce gewesen war, jedenfalls, kaum eine Viertelstunde nach der Begrüßung lagen wir wollüstig in ihrem Bett, dann notierten wir unsere Telefonnummern, tauschten die Zettelchen und haben uns noch öfter gesehen und uns nach einer Weile aus den Augen verloren. Lange dauerte es bis zur dritten Gräfin, daß heißt, sie war lediglich Baronin, aber immerhin. Ich habe sie ebenfalls aus den Augen verloren, obwohl wir nie offiziell Schluß gemacht, obwohl wir nie einen größeren Streit gehabt hatten, unsere Beziehung ist einfach verkleckert, verlöscht. Möglicherweise war der eigentliche Grund, daß ich nicht nach München ziehen und sie um jeden Preis in München bleiben wollte, wo sie sich einen Platz im kulturellen Leben der Stadt erobert hatte, wurde sie doch zu jeder Vernissage eingeladen, war sie doch Vorsitzende eines Literaturzirkels, der bei seinen wöchentlichen Zusammenkünften Klassiker und Neuerscheinungen analysierte, ganz zu schweigen von den Ausstellungen in ihrer Villa, den Präsentationen sündhaft teurer Schals aus Pashminawolle, gesellschaftlichen Ereignissen, exklusiv für die feineren Kreise der bayerischen Metropole bestimmt. Selbst wenn ich in der Nähe gewohnt hätte, eine Einladung wäre nie in meinem Briefkasten gelandet, da ich damals kaum das Geld hatte, mir ein Paar Socken im Sonderangebot bei Woolworth zu kaufen.

Heute glaube ich, daß es weniger meine Abneigung gegen München war, die eine dauerhafte Einlassung mit der Baronin verhinderte, sondern ihr Ferienhaus am Rande des Tauernmassivs. Einmal hatte mir die Baronin erzählt, ihr Traumberuf sei schon immer Bergführerin gewesen. Angenommen, dachte ich, die Baronin verkauft ihr Domizil in München, zieht ganz aufs Land, wird Bergführerin und zwingt mich, eine alpine Umschulung zu machen, um sie und ihre Kundschaft professionell auf die Gipfel begleiten zu können, würden meine schlimmsten Befürchtungen Wirklichkeit werden – ein Leben auf dem Lande, noch dazu im Gebirge und jedes Wochenende inmitten eines Pulks knorriger Touristen mit ihren Wanderstäben. Andererseits, die gute Luft hätte meiner Gesundheit, durch jahrelangen Besuch verräucherter Kneipen bereits angegriffen, sicher wohlgetan. Auf jeden Fall hätte ich mir das Rauchen abgewöhnen müssen. Ein Bergführerinnenassistent, der qualmt, das macht einen miserablen Eindruck, zumal wenn er schon beim Anstieg nach dreißig Metern keuchend und hustend zurückbleibt.

Es muß keine Gräfin oder Baronin sein, man kann auch mit einer Bürgerlichen glücklich werden; doch ich bin mein Lebtag nicht mit jemanden glücklich oder unglücklich geworden, bin bis zum heutigen Tag unverheiratet, eventuell lag es daran, daß ich keinem ordentlichen Beruf, keiner geregelten Tätigkeit nachgegangen war, ich hatte keinen Beruf, sondern Jobs. Frauen mögen keine Männer ohne gesichertes Einkommen. Mal war ich freischaffender Journalist, habe Buchkritiken und Reisefeuilletons geschrieben, mal war ich Lektor in einem Kleinverlag für Frauenlyrik und alternative Kochkunst, auch als Reiseleiter und Vortragskünstler habe ich mein Brot verdient, vor allem bei Frauenclubs in den USA waren meine Lichtbildervorträge über Asien und Bayern sehr beliebt. Wenn das Bild von Neuschwanstein auf der Leinwand auftauchte, gerieten die Damen in Verzückung, strampelten vor Freude und verlangten nach genaueren Informationen über den Märchenkönig. Ich stellte die Diashow Mad King Ludwig zusammen und bereiste damit fast alle Staaten dieser erstaunlichen Nation. Einmal hat mich eine Lockenwicklerlady hinterher zu sich nach hause eingeladen und wollte wissen, ob ich den König persönlich gekannt hatte, worauf ich ihr erzählte, wie ich nächtelang mit Seiner Majestät im Spiegelsaal auf- und abgewandert bin, seinen Monologen gelauscht habe, nur unterbrochen von der Aufgabe, ab und zu eine neue Platte mit Wagnermusik aufzulegen. Vielleicht hätte ich diese charmante Dame heiraten, ermorden und beerben sollen, um endlich ein Leben in finanzieller Unabhängigkeit führen zu können, doch Kriminalität liegt mir nicht, ich bin von Geburt an ehrlich gewesen, habe nur gelegentlich in Supermärkten geklaut oder ein paar ungedeckte Schecks in Umlauf gebracht, wenn es gar nicht mehr anders ging. Und versuchte man mich zu überreden, Drogen oder Diamanten nach Europa zu schmuggeln, habe ich konsequent abgelehnt, nein, habe ich gesagt, mit mir läuft so etwas nicht, sucht euch einen anderen. Sei kein Frosch, haben die Gangster geantwortet, es kann nichts passieren, du hast den Vorteil, gleichzeitig seriös und vertrottelt auszusehen, kein Zollbeamter wird dich kontrollieren. Ich bin hart geblieben, habe mit lässiger Geste abgewinkt.

Irgendwie bin ich über die Runden gekommen, habe die Jahre hinter mich gebracht, ohne Schaden zu nehmen, ohne jemanden Schaden zuzufügen. Nur meine Gesundheit macht mir ein wenig zu schaffen, ganz normal in meinem Alter, wie mir die Ärzte versichern. Sehe ich mir die anderen Patienten im Wartezimmer an, röchelnde, ausgemergelte Gestalten, hohlwangig und mit erloschenem Blick, wie sie auf Das Goldene Blatt oder ein anderes Magazin sabbern, das sie zu lesen versuchen, wie sie ihre nässenden Wunden kratzen und sich, von ihren Söhnen gestützt, in den Ordinationsraum schleppen, so bin ich im Vergleich zu ihnen glänzend dran, stehe ich noch in voller Blüte. Lediglich mein Rücken bereitet mir Sorgen. Die Wirbelsäule ist krumm und wird jeden Tag krummer, das heißt, ich laufe bedächtig und vornüber gebeugt, von Schmerzen gepeinigt zu Aldi oder in meine Stammkneipe, kaum in der Lage, den Kopf zu heben, um die Auslagen in den Schaufenstern zu betrachten, dafür aber den Müll auf dem Bürgersteig erforschend, die Fastfood- und Frittenbehältnisse, die leeren Zigarettenschachteln, die ausgespuckten Kaugummis, die weggeworfenen Zeitungen und Reklamezettel, die Hundescheiße und abgenagten Eistüten. Das Bier lasse ich mir vom Getränkemarkt anliefern, da ich kaum noch fähig bin, die Kästen in meine Wohnung zu schleppen. Dann ist es doch aus, hat mein mit ähnlichen Problemen kämpfender Freund Burkhard gesagt, wenn man nicht mal mehr sein Bier die Treppen hoch tragen kann; nein, habe ich ihn beruhigt, es ist aus, wenn man es nicht mehr trinken kann.

Meine Physiotherapeutin hat mir tägliche Übungen empfohlen, also lege ich mich zwischen Zähneputzen und Frühstück auf den Wohnzimmerteppich und mache brav die Übungen, aber der Rücken bleibt schief und krumm. Ich beschwere mich bei der Physiotherapeutin, sie ist um eine Antwort nicht verlegen. Alles käme noch viel schlimmer, meint sie, würde ich die Übungen abbrechen, fortschreitend schiefer und krummer, bald werde ich dann auf allen Vieren laufen. Vorerst bin ich nur ein stark geneigter Zweibeiner mit wachsend neumondförmiger Wirbelsäule, über kurz oder lang werden meine Hände nach Schimpansenart auf dem Boden schleifen. Ich muß ein jämmerliches Bild abgeben, wie ich so dahinschlurfe, doch ich genier' mich nicht, ergötze mich vielmehr an den vielen Alten, die nur unter Beistand einer Gehhilfe einen Fuß vor den anderen zu setzen vermögen. Kann ich Ihnen helfen?, frage ich manchmal, um ihnen und mir zu demonstrieren, daß ich nach wie vor in erfreulich rüstiger Verfassung bin.

Von meinen Besuchen des Supermarkts kehre ich erschöpft zurück, ordne die Viktualien in den Kühlschrank und die Speisekammer, worauf ich mich aufs Bett lege, das Bett mit der ergonomischen Qualitätsmatratze, einer Empfehlung der Physiotherapeutin. Ich schalte den Fernseher an und folge einer der Frühabendserien, meistens Lenßen und Partner. Am Anfang sitzt immer eine Frau bei Herrn Rechtsanwalt Lenßen in der Kanzlei und schildert ihren traurigen Fall, wobei sie dermaßen heult, daß man kein Wort versteht. Herr Lenßen, der sich öfter die Haare waschen sollte, schickt seine Ermittler los, um die Verdachtsperson zu beobachten. Gottlob wohnt die Verdachtsperson stets im Parterre, so daß die Ermittler sie durch ein Fenster beobachten und ihre Schlüsse ziehen können. Ich schätze schlechte Filme. Wenn ich wieder ein wenig mehr auf dem Konto habe, lege ich mir alle fünf Jerry-Cotton-Filme mit George Nader in der Hauptrolle zu. Vorläufig fehlt mir das Geld, da ich einen DVD-Recorder für gehobene Ansprüche erworben habe und außerstande bin, DVDs zu kaufen. Ich werde mir eine hübsche Sammlung aufbauen, alles von Laurel & Hardy, alles von Buster Keaton und Charlie Chaplin, jede Menge Western, als erstes die mit Randolph Scott, der noch edler als Gary Cooper ist – diese eindrucksvollen Szenen, wenn er seinem Gegenüber in die Augen blickt und mit leiser Stimme spricht: Hat er das gesagt? Laß mich das machen, du hast Frau und Kind zu Hause. Die meisten Westernhelden kämpfen nur für sich, nur Randolph Scott erledigt den Scheißdreck der anderen gleich mit, alles in einem Aufwasch.

So jemanden bräuchte ich, um meiner Hauswirtin mal Bescheid zu stoßen, dieser Frau Wirsing, einer ekelerregenden Vettel, die mich dauernd im Treppenhaus abfängt und etwas zu meckern hat, über den ständig wechselnden, nächtlichen Damenbesuch Beschwerde führt, dies sei ein anständiges Haus. Was geht Sie mein Damenbesuch an?, brülle ich. Vielleicht sollten Sie mal Herrenbesuch empfangen, aber wer will schon einen Aasgeier wie Sie vögeln! Frau Wirsing läuft violett an. Morgen haben Sie die fristlose Kündigung im Briefkasten, keucht sie. Und übermorgen haben Sie Post von meinem Anwalt, gebe ich zurück, dem gefürchteten Dr. Randolph Scott, der wird Ihnen schon zeigen, wo die Kirche im Dorf steht. Mir soll es nur recht sein, wenn sie mir kündigt, ich will sowieso ausziehen und muß mich dann nicht um irgendwelche Fristen kümmern. Ich kann ausziehen, sobald ich etwas Geeignetes gefunden habe, aber diesmal keine Bleibe mit dem Eigentümer im selben Gebäude, nur etwas mit einer Hausverwaltung, am besten in Uruguay.

Es ist soweit. Ich kann mich tatsächlich nur noch auf allen Vieren fortbewegen. Den Einkaufsbeutel trage ich zwischen den Zähnen. Zu meinem Erstaunen erwecke ich kaum Aufmerksamkeit. Die Leute scheinen den Anblick eines Mannes, der auf Knien und Handflächen an den Häusern entlang zottelt für nicht weiter beachtenswert zu halten. Nicht einmal verstohlene Blicke aus den Augenwinkeln sind mir bislang aufgefallen. Im Supermarkt angekommen, ziehe ich mich am Griff des Einkaufswagens hoch, werfe den Pfandeuro ein, gehe die Regale entlang und fülle den Wagen mit allem, was ich brauche. Lediglich der Heimweg bereitet mir Schwierigkeiten, der schwere, mit Waren gefüllte Beutel zerrt an meinem Kiefer. Ich muß mir einen Rucksack kaufen.

Auch ein Mann, der auf allen Vieren geht, kann noch gut aussehen, über eine erotische Ausstrahlung verfügen. Gewahre ich von Ferne eine Frau, die meine Neugier weckt, kann ich ihr leider nicht mehr, wie früher, begehrlich in die Augen spähen, stattdessen schnuppere ich, sobald wir auf gleicher Höhe sind, an ihrer mir näheren Wade. Es ist erstaunlich, daß manche Damen sogar an den Beinen nach Parfum riechen. Das war mit früher nie aufgefallen. Was mir jedoch auffällt, ist die deutliche Verbesserung meines Geruchssinns, gleichzeitig stören mich keine Gerüche mehr, die ich früher als Gestank empfunden habe, ja Gestank scheint völlig von der Erdoberfläche verschwunden zu sein, es gibt nur noch Düfte und Gerüche. Irgendwann hatte ich beim Friseur in einer Illustrierten gelesen, die Natur schenke dem Menschen bei manchen Leiden zum Ausgleich die Verstärkung anderer Körperfunktionen, in meinem Fall die Eskalation des Geruchssinnes – offenbar auch des Haarwuchses.

Seit einiger Zeit bemerke ich an meinen Armen und Beinen, desgleichen auf Brust und Rücken einen Zuwachs der Behaarung. Erst war's ein sanfter Flaum, der bald an Dichte zunahm, dann wurde aus dem Flaum, es dauerte nur wenige Wochen, ein dichter Pelzbesatz, blond und ziemlich borstig. Diese Metamorphose meines Äußeren vermag ich mit der üblichen Kleidung zu bedecken, doch der Bewuchs an den Ohren und auf der Stirn ist nur schwer zu verbergen. Es hat wenig Sinn, das unansehnliche Gestrüpp abzurasieren, es wuchert binnen weniger Tage, ja gelegentlich Stunden, aufs neue, sprießt fröhlicher als zuvor. Und mein Haaransatz nimmt einen bedenklichen Weg in Richtung Nasenbein. Erfreulich ist hingegen, daß meine Glatze fast völlig unter der neuen Mähne, unter einem kecken Schopf verschwindet.

Täusche ich mich oder empfinde ich tatsächlich zunehmend Sympathie für Hunde? Ich hatte diese Köter, diese jeden Winkel der Stadt vollkackenden, diese ewig kläffenden, sabbernden Flohbeutel nie gemocht. Eine Wandlung, eine Gefühlswandlung geht in mir vor. Auch Spatzen und Mäuse hinterlassen ihre Haufen, wo es ihnen beliebt und sondern akustische Signale ab, ohne daß wir Anstoß daran nähmen, dabei können sie nicht halb so treuherzig dreinblicken. Hunde. Wenn sie das Rennen bei der Evolution gemacht hätten, würden heute Pudel und Bobtails ihre Menschen Gassi führen, und auf chinesischen Märkten säßen schlitzäugige Möpse und verkauften Menschenfleisch.

Im Moment muß ich meine Gedanken über die Evolution einstellen, ich bin genötigt, mich um eine Mahlzeit zu kümmern.

Bislang war das Aufgabe meiner Lebensgefährtinnen gewesen, zuletzt der guten Silke aus Kreuzberg. Aber die hat mich gestern verlassen.

Sie war eine Virtuosin in Sachen Maniküre und Pediküre. Kürzlich hat sie sich geweigert, meine Fuß- und Fingernägel zu feilen. Es sei unmöglich, sagte sie, unter und zwischen all diesem Fell ihr Instrumentarium wirksam einzusetzen. Darüber gerieten wir in Streit, sie hat ihre Koffer gepackt und ist ausgezogen. Ich werde das Gefühl nicht los, daß die Zehnägel nicht der eigentliche Grund waren. Ehe sie die Schlüssel auf den Nachttisch legte und die Wohnungstür hinter sich schloß, hatte sie mir allerdings, das muß ich ihr zugute halten, noch ein letztes Mal etwas zu essen bereitet, Trockenfutter mit rohem Pansen. Ich weiß nicht, warum sie den übel riechenden Fraß nicht auf einem Teller, sondern in einem Blechnapf neben der Spüle serviert hat. Gewöhnlich pflegten wir unsere Mahlzeiten im Eßzimmer einzunehmen.

Das Zeug revoltierte im Gedärm, ich legte mich aufs Bett. Es dauerte eine Weile, ehe ich bemerkte, daß nicht mein Magen knurrte, sondern ich; eine Reaktion auf seltsame Geräusche im Treppenhaus. Erst dachte ich, Silke kehrt zurück, sie war es nicht, ihren Schritt, ihre klackenden Absätze kannte ich. Es war ein Fremder, vielleicht ein Einbrecher. Neuerdings wird häufiger tagsüber als nachts eingebrochen. Solange ich in der Wohnung bin, soll kein Spitzbube eine Chance haben. Heimlich hoffte ich, daß jemand, ausgerüstet mit Dietrich und Strumpfmaske, einzudringen versucht, das Handwerk werd ich ihm legen, zerfleischen werde ich ihn, damit mein Frauchen, ich meine, damit meine Freundin merkt, wie gut ich aufpasse, wie zuverlässig ich bin.

Ich muß lange geschlafen haben, da es bereits dunkel war, als ich aufwachte. Hinter dem rechten Ohr verspürte ich einen starken Juckreiz, und erst später wurde mir bewußt, daß ich mich mit dem Fuß gekratzt hatte. Warum mit dem Fuß und nicht mit der Hand? Ich betrachtete den Fuß. Die Zehnägel sahen ein wenig anders aus – dicker, schmaler, zur Spitze hin gebogen. Nun sollten sie eigentlich ohne Mühe zu kürzen sein, doch hatte ich jedes Interesse an einer Pediküre verloren.

Wo sollte ich meine Notdurft verrichten, wo sollte ich die nächste Mahlzeit herbekommen? Das waren die dringlichen Probleme. Die Toilette, die Vorratskammer schienen mir verschlossen, der Herd war unerreichbar. Morgen würde ich der Putzfrau an der Wohnungstür auflauern, und wenn sie den Vorraum betritt, keinen Gruß entbieten, sondern blitzschnell durchschlüpfen, die Treppe hinunterfegen und ab ins Freie, ab in die Freiheit, am besten zur Schillerpromenade, wo im begrünten Mittelstreifen Türken und alte Frauen auf Bänken sitzen, wo lärmende Kinder die Spielplätze bevölkern, wo Hunde in die Sandkästen scheißen.

Inhalt

I Da und dort

Bukowski ist schuld, daß ich in Hamburg lebe 11
Kühe im Mondschein 16
Besuch bei V. O. Stomps 22
Wie ich endlich eine VIP wurde 27
Führerscheinprüfung in New Mexico 30
Meine beiden früheren Leben 36
Eine Party 41
Tagträume in Kalifornien 51
Die Zwergschule 57
Die kleinste kommunistische Partei der Welt 60
Jean, der Meisterfotograf 65

II Bisbee

Wie einige Leute nach Bisbee kamen 73
Die Dirty Brothers 78
Gregory Peck 87
Draußen scheint die Sonne 92
Eine Marktlücke 96
Das Geburtstagskind der Woche und 40 Klappstühle 99
Kurse 104
Kurse nehmen 108
Wo sollen diese Typen jetzt essen? 113
Immer im Dezember wandert Sam aus 117
Mr. Mortimer zieht um 122
Die Eisdiele 128
Das Sonderangebot der Woche 133
Wie man seine Mutter zum Discountpreis beerdigen läßt 139

Der Bär 142
Die neuesten Antiquitäten 146
Die wirkliche Welt (Eins) 152
Die wirkliche Welt (Zwei) 156
Urkommunismus und alternative Haferflocken 161
Lotto 170

III Metamorphose
Der Hund 179

Impressum

Alle Rechte vorbehalten.
© 2014 MaroVerlag, Augsburg

Umschlag: Rotraut Susanne Berner
Gesamtherstellung im Verlag
Gedruckt auf säurefreiem, alterungsbeständigem
Werkdruckpapier
Printed in Germany

ISBN 978-3-87512-466-8

Bibliografische Information der Deutschen Nationalbibliothek:
Die Deutsche Nationalbibliothek verzeichnet diese Publikation
in der Deutschen Nationalbibliografie; detaillierte bibliografische
Daten sind im Internet über http://dnb.d-nb.de abrufbar.